「お嬢様、どうぞ」
「ありがとうロルフ」

「お嬢様の仰せのままに」
ロルフ・シュタレイン
パトリツィアの護衛兼従者。
彼女の自由奔放な性格と
推しへの情熱に
振り回されている。
「推しは金より尊しですわ」
パトリツィア・レッジ
王国随一の資産を有する
男爵家の跡取り娘。
国内の有力貴族子女が集う
エーデル学園に通っている。
推しへの愛と情熱は
誰にも負けない。

富豪令嬢

Fugou reijyo

[著] マチバリ

[画] 眠介

enterbrain

Contents

序章

大陸の東西に広がる巨大国家、ココル。

広大な平地を活用したのどかな農業国だったが、国境付近に広がっていた山脈が希少な金属を産する鉱山であったことが判明したことから、その運命を大きく変えることになった。

資源を欲した他国からの侵略。あわや農民たちはあっという間に蹂躙《じゆうりん》されてしまう、かと思いきや、彼らは鍬《くわ》や鎌を剣に持ち替え、侵略者たちに果敢《かかん》にも立ち向かい勝利を収めたのだ。

戦いに勝利したココルの住民たちは、敗戦国を支配下に収めるのではなく、良き友として招き入れる懐《ふところ》の広さを持っていた。その国が持つ技術や人材を余すことなく活用し、国家の発展と国民の平和につぎ込むことを選んだのだ。

そういったことを繰り返した結果、ココルは大陸随一《ずいいち》の豊かさと広さをもつ国へと成長し、今に至る。

多種多様な民族とその英知が入り交じったココルは、あらゆる技術や産業の発展めざましい先進国。他国では見られないような先進的な街並みが自慢の王都フィレソルはいつも賑わっている。

そんなココルで最も有名な一族が、レッジ男爵家《だんしやくけ》だ。

レッジ家は貴族である以上に有能な商人の一族で、現在の総資産額は国家予算の数百年分とも噂されている。各分野で最も勢いのある商会のすべては、レッジ家の息がかかっているとさえ言われているくらいだ。

そのため、単なる男爵家でありながら王国主催の行事には必ず呼ばれ、常に貴賓席《きひんせき》に案内されるほどの重鎮《じゅうちん》ぶり。

しかしどういうわけかレッジ家は、それを笠《かさ》に着ることも権威《けんい》を振りかざすこともない。

彼らが政治や社交の場に、自分から口を出してくることは極めて希《まれ》だ。

かつてのレッジ家は、小さな領地を管理するだけの、名乗るほどの爵位《しゃくい》すらない弱小貴族だった。

その運命が大きく変わったのは、今から五十年ほど前のことだ。

当時のレッジ家は、天候不良による不作でかなりの財政難に陥っていた。跡取り娘は年頃にもかかわらず、社交界にデビューすることもままならなかった。彼女は自分のことより優先して家族を養うために、貴族令嬢でありながらとある商会にメイドとして出《で》稼《かせ》ぎに出た。

そこは、ある青年がたった一人で立ち上げた小さな商店だった。優れた目利《めき》きに的確な判断力と行動力を持っていた彼は、若いながらもかなりの財産を築いていたという。

主人とメイドという立場で出会った二人は、運命的な恋に落ちた。

ほんの数週間という交際期間を経てレッジ家に婿入《むこい》りした商人は、愛する妻とその家族をとても大事にしたという。

貴族社会には興味はなかったらしく、貴族の仲間入りをしたからといって社交界で出しゃばるようなこともなく、彼は結婚後も粛々《しゅくしゅく》とこれまでどおり商売を続けていた。

その真面目な働きぶりは結果を生み、財産は増える一方。

生活に余裕が出てきたことで、彼は愛しい妻が大切にしている家族や領地に住む人々の生活を安定させたいと考えた。

そこで商売で得た財を使って一計《いっけい》を案じる。

レッジ家の所有する領地には、桑《くわ》の木が多く自生《じせい》していることに目を付けたのだ。

異国から養蚕《ようさん》の専門家を呼び寄せ最新の機材を輸入するなど、金と人材をこれでもかと投入して養蚕業を開始した。当時、国産のシルクは少しめずらしかったので、たとえ儲《もう》けが出なくとも、名産がないよりはいいだろうという考えだったそうだ。

施策に感動した領民たちの大奮闘《だいふんとう》もあり、ほんの数年で事業は安定。儲けが出ないどころか、一躍《いちやく》シルクの名産地へと上り詰めてしまった。

領地の運営が安定したこともあり、彼は税率を最低限まで引き下げ、公共事業にも力を入れた。あくまでも、儲けではなく人々の暮らし最優先の政策を採ったのだ。

病院や学校をいくつも設立したこともあり、人口も増加。とても暮らしやすい土地になったことに感激した領民たちは、恩に報《むく》いるためにとさらに養蚕に奮闘した。

そして、他に類を見ない上質な黄金色のシルク生地《きじ》を作り出したのだ。

その美しいシルクを、彼は売り出すことはせず妻を飾り立てることに使った。都会から新進気鋭のデザイナーを招き、妻が最も美しく見えるドレスを仕立てさせた。

美しく着飾った妻を自慢するためだけに、王都で大々的な舞踏会《ぶとうかい》まで開く始末。

これまで誰も見たこともない黄金色のドレスを身に纏い夜会に現れたレッジ夫人の姿に、社交界は騒然《そうぜん》。

当然、その生地はどこで手に入るのかと問い合わせが殺到《さっとう》した。

最初は渋っていた彼も、まあ売れるならと通常のシルクに加え、黄金色のシルクを売ることに決めた。

ところが、瞬《またた》く間《ま》に人気になり価格が高騰《こうとう》し、粗悪《そあく》な偽物まで出回るようになったため、明確な基準と販売経路の限定化を図った。

シルクを色でランク分けし、黄金に近いものほど高価にして、レッジ家御用達の店のみでしか取り扱えないようにしたのだ。

その逆に、これまで主流だった白に近い色についてはかなり価格を引き下げ、どこでも買えるように販路を広げ、庶民《しょみん》でも手に取れるようにしたのだ。

このブランディングがさらなる価値を呼び、いつしか国内だけではなく世界にレッジのシルクありと言われるまでになった。

結果として、レッジ家の領地は王都にも引けを取らないほどに栄えている。

王家は、新たな名産品を生み出したレッジ家に男爵位を与えた。

婿入りした商人は初代と呼ばれるようになったが、相変わらず社交や政治には興味を持たず、ひたすら愛する妻のために働いた。

物欲の薄い妻を少しでも喜ばせようと、宝石が採れそうな鉱山一帯を購入したところ、宝石どころか良質な黄金や鉄が採れることが判明。

寝かせておくのももったいないからと鉄鋼業をはじめてみたら、良質な鉄製品を作ることに成功し、さらなる成功を収めることになってしまった。

そして時を経て、彼らは可愛らしい娘に恵まれた。

両親の愛と財力をふんだんに注ぎ込まれた彼女は、未来の王妃《おうひ》にふさわしいとさえ言われるほどの才能と美しさで社交界の花と呼ばれるまでに成長した。

しかしそんな彼女もまた、母同様に貴族社会には興味のない優秀な技術者と恋に落ち、彼を婿に迎え入れた。

娘婿となった技術者は様々な革新的な機械を作り出し、レッジ家に新たな財産を生み出している。

その発明のきっかけは、初代同様にいつも愛しい妻を喜ばせたいという純粋な愛情だった。

数年前、レッジ家を繁栄《はんえい》へと導いた初代は、愛する妻の死をきっかけに引退。

今は娘婿であった技術者が二代目当主となった。

レッジ家は、今も繁栄の道を歩んでいる。

すべては愛しい者のため。愛こそがすべて。

愛するもののために使ったお金は必ず莫大《ばくだい》な儲けとなって返ってくる、と。

それはレッジ家の家訓になっていた。

さて、そんなレッジ家には跡取り娘が一人いた。

パトリツィア・レッジ。

彼女は花も恥じらう十七歳。

つやつやと輝くプラチナブロンドのロングヘアーに、宝石のような青い瞳。陶器《とうき》のような艶《つや》やかな肌と木苺色《きいちごいろ》の小さな唇《くちびる》。小さな顔を乗せた肢体《したい》はほっそりとしながらも、女性らしい丸みを帯びており、一つの芸術作品のようなバランス。

身に付けている服や装飾品は流行の最先端かつ、王家御用達の老舗《しにせ》や有名な職人たちが作り上げた一級品ばかり。

一族の愛と財産を惜しみなく注がれ育った彼女は、見た目だけではなくその中身も超一流。

国内の有力貴族子女が集うエーデル学園に在学中の彼女は、あらゆる科目において常にトップクラスの成績をキープ。

歩く金山、座るダイヤモンド、笑う姿はプラチナの薔薇《ばら》。

ともすれば嫉妬《しっと》の対象になりそうなものだが、残念ながらパトリツィアを妬《ねた》む声は少ない。

「だって、パトリツィア様ですから」

女生徒たちは「ねぇ」と顔を寄せ合い苦笑いを浮かべる。

「パトリツィア様はそういう妬《ねた》み嫉《そね》みとは一線を画した存在ですわ」

「私たちがあの方に向かって何かを言うなんて逆に恐れ多いことだと思います」

「ええ、むしろパトリツィア様は私たちの憧れですわ」

彼女たちが語る言葉には憧れと尊敬、ほんの少しの諦めが交じっていた。

かつては嫉妬したこともあったのだろう。生まれた家が恵まれていただけだ、と。

しかし今の彼女たちはその考えが間違っていたことをもう知っている。

パトリツィアは生まれながらにして特別なのだと。

＊＊＊

序章

「あなたたち！　自分が何をしたのかおわかりなの！」

　ヒステリックに喚《わめ》く教師の声に、生徒たちは凍り付いていた。

　教師の足元には豪華な花瓶《かびん》だったものの残骸《ざんがい》が無残《むざん》にも散らばっている。

　幸いだったのは花瓶の中身が空だったことくらいだろう。乾いた床に散らばる大小の破片《はへん》が開いた窓から射し込む光に、キラキラと輝いていた。

「この花瓶がいったい何なのか、わかっていて⁉」

　黙りきった彼らは当然知っていた。割れた花瓶は、数年前にこの学園を卒業した王族が記念にと置いていった超高級品であることを。その価値は現在の価格にして、おおよそ一億ベル。庶民ならば十回転生しても稼げない額だし、普通の貴族でも簡単には支払えないだろう。

　なんでそんな高価な品が教室にあるのだと生徒の大半は思っているが、良いものを身の回りにおいてこそ育まれる教養もあるという理念のもと、その花瓶は以前からずっと窓際に飾られていた。

　授業のために教室に来た教師は、誰かに叩き割られたとしか思えない花瓶を発見して、状況は今に至るのであった。

「いったい誰が犯人なの！　名乗りでなさい！」

　甲高《かんだか》い教師の声に動くものはいない。

生徒たちは押し黙り、顔を伏《ふ》せ、お互いに目配せし合っている。

その態度に教師はますます眉を吊り上げ、息を荒らげていた。

「埒《らち》があきません！　こうなれば学園長先生をお呼びして、厳重な調査を……」

「それには及《およ》びませんわ、先生」

凛とした声が教室に響いた。

その声に教室中の人間が動きを止め、顔を上げる。

生徒たちの集団がざっと二手に分かれた。

その中心からゆっくりと歩み出てきたのは他でもない、パトリツィアだった。

上品な学園指定の制服を見事に着こなしながらも、胸元に光るブローチは誰が見ても高級品だとわかる輝きを放っていた。

すらりと長い足を包む靴下は黄金色のシルクだし、上質な本革で作られたローファーもツヤツヤと輝き、他の生徒とは何もかもが一線を画している。

神々《こうごう》しくも気品《きひん》溢《あふ》れる立ち姿に、口角泡を飛ばす勢いで叫んでいた教師は一瞬たじろぎ、動きを止めた。

「……ミス・レッジ。まさか、あなたがあの花瓶を？」

「まさか」

女教師の問いかけにパトリツィアは心外だと言わんばかりに首を振る。

「私《わたくし》はそのような安物には興味がありません。そもそも、この教室に来るのは初めてでしたので、そこに花瓶が置いてあることも存じませんでした」

「なっ……」

安物、という単語に教師は明らかに鼻白む。

パトリツィアは頬《ほお》に手を添え、残念そうに首を振った。

「それに私、つい先ほどまではサロンにおりました。今この場に駆けつけたので、花瓶を割るのは物理的に不可能です。ね、ロルフ」

「はい。お嬢様にその花瓶を割る時間はそもそもありませんでした」

パトリツィアの後方に控《ひか》えた制服の青年が一歩前に出て、恭《うやうや》しく頷《うなず》く。

彼はロルフ・シュタレイン。

レッジ家に仕える騎士で、年が近いという理由でパトリツィアの護衛兼従者としてこの学園に在籍している。

制服姿でありながらも帯剣を許されていることや、この国では珍しい黒髪であること、鋭い眼光も相まって少々近寄りがたい雰囲気を醸《かも》し出《だ》していた。

「そ、そう……」

淀《よど》みのないパトリツィアの言葉とロルフの迫力に女教師はわずかに怯《ひる》むが、すぐに表情を険《けわ》しくさせ、二人を睨み付けた。

「ではあなた方は席に戻りなさい。関係がないのならば口を挟まないことです」

「いいえ先生。いつまでも先生が怒っていらしては授業がはじまりません。このままではカリキュラムに重篤《じゅうとく》な遅れが発生する可能性がありますわ。私としても大変困ります」

「う……」

冷静な言葉に教師も分《ぶ》の悪さを感じたのか、きっと唇を噛んだ。

このまま騒いでいればいつまでも授業がはじめられない。

そうなればどうなるか。

責任と義務の狭間で、教師は視線を彷徨《さまよ》わせる。

「でも、この花瓶はとても価値があるものなの！　割れたとなれば学園の威信《いしん》が……」

「先生。物質はいつか壊れるものです」

「は……？」

「いくら高級品でもいずれは壊れると言っているのです。おじいさまもよく言っていますわ。それにたった一億ベルぽっちの花瓶が割れたくらいで揺らぐような威信など捨ててしまえば良いのです。先生もそのような安物が壊れたくらいで怒っては身体に障《さわ》りますわよ」

「な、な、な……」

パトリツィアの言葉に女教師は顔色を青から赤、赤から白へと変える。

「そんなにその花瓶が重要ならば我が家の金継ぎ職人を呼んで修繕《しゅうぜん》させましょう。我が家が所有する金山から採れた最高級の純金を使って処理しますので……そうですわね、ざっと一億ベルほど価値が上がる程度ですから誤差の範囲でしょう？　学園長と王家には私から事情を説明しておきますからご安心を」

「あっ、あなた！　何でもお金で解決すればよいと思っているのですか!!」

矢《や》継《つ》ぎ早《ばや》に告げられる情報に、教師はあわあわとあごを震わせた。

「はい。お金で解決できることはお金で解決すれば良いと思いますわ。そのためにお金は存在しているのですから」

大輪の薔薇のような微笑《ほほえ》みを向けられ、教師はとうとうその場に座り込んでしまった。

成り行きを見守っていた生徒たちはざわざわと小声で囁《ささや》き合っている。

場の空気は最悪だった。

「先生」

そんな空気を断ち切るように、パトリツィアの静かな声が響く。

「おそらくこの花瓶は誰かが故意に割ったものではありませんわ。机をごらんください」

「え……？」

パトリツィアは、花瓶が置かれていた机の上を指さす。

のろのろと立ち上がった女教師がそこに視線をやれば、花瓶が置かれていた部分だけ埃がないのがわかる。

　花瓶がずっとそこにあったのが一目瞭然《いちもくりょうぜん》だった。

「誰かが触れたのならば、埃《ほこり》がずれるなり周囲に何かしらの痕跡《こんせき》が残っているはずですわ。でもそのような痕跡はありません。加えて、このレースのカーテン、窓を開ける時は必ず左右に留めておくはずなのに、今日は日差しが強かったのでそのままになっていたようですわね」

　淡々とした状況説明に、教師だけではなく生徒たちも静かに耳を傾けている。

「先ほど、思いがけない強風が窓を揺らしたのを覚えておいでですか？　かなりの音がしましたからね。窓が開いていたのなら、このカーテンが風であおられ、ここにあった花瓶に当たってしまったと考えるのが妥当《だとう》でしょう」

　言葉を区切ったパトリツィアは、教師と生徒を真っ直ぐに見つめにこりと優美《ゆうび》に微笑んだ。

「つまり、犯人などいないのですわ」

　推理をぽかんとした顔で聞いていた教師は、慌てた様子で花瓶の位置やカーテンの動きなどを確認すると、がくりと肩を下げ、申し訳なさそうに顔を伏せた。

　その目は泣きそうに潤《うる》んでいる。

　対する生徒たちは理不尽《りふじん》な怒りをぶつけられたことに少々苛立《いらだ》ち気味だ。

とても今更授業ができるような空気ではない。

ざわめきが広がり、一気に立場の逆転した糾弾劇《きゅうだんげき》がはじまるかと思われた。

「皆さま」

凛《りん》とした声と共に、パン、と小気味いい音が響き渡る。

両手を叩き合わせたパトリツィアが、いつの間にか教壇《きょうだん》に立っていた。

「先生はこの花瓶が割れたことで学園が王家から責められ、皆さまの経歴に傷が付くことを懸念《けねん》されたのですわ。少々感情的な態度であったことは否《いな》めませんが、事実がわかったことで先生も深く反省しておいでです。ね、先生」

「え、ええ……よく確かめもせずあなたたちに対して声を荒らげてしまったことを悔いています……ごめんなさい」

教師が素直に頭を下げたことで、生徒たちの表情に迷いが生じる。

許してあげるべきではないか、あんな高いものが壊れたのだから、と。

「花瓶が割れた原因がカーテンであると気がついていた方もいたのでは？　さっきは風がずいぶんと強かったですからね。でも自信がなくて発言できなかったのでしょう？ですが先生は必死になるあまりに皆さまの沈黙を罪の隠匿《いんとく》と勘違いしてしまったのです。誰かが勇気を持って発言していればここまで拗《こじ》れなかったかもしれませんわ」

生徒たちの何人かがはっとした顔をする。

心当たりがあるのだろう。騒動に巻き込まれたくないあまりに無言を選択してしまった生徒たちの表情に気まずさが交じる。

教師と生徒たちをぐるりと見回したパトリツィアは、再び薔薇のような笑みを浮かべた。

「そこで私から提案ですわ。今日の授業は庭園の温室で行いませんか？　準備はすべて私が請《う》け負《お》います」

ざわり、と教室が驚きに揺れる。

「先生。今日の授業は植物学でしたわよね。温室で実物を見ながらであればきっと皆さんの理解も早いです」

「え、ええそうですね……」

「皆さんもこの教室では息苦しいでしょう？　花瓶は温室で授業をする間に片付けるように指示しておきます。さ、移動しましょう」

決まりとばかりに両手を合わせたパトリツィアの勢いに負け、教師と生徒たちは戸惑いながらも教室を出て行く。

それを見送ったパトリツィアはくるりとロルフに向き直った。

「ロルフ」

「すでに手配をしております。温室には生徒全員のお茶と新品の文房具を用意しました

から問題なく授業を開始できるはずです。また花瓶の修繕《しゅうぜん》に関してもレッジ家の職人を呼び寄せましたのでまもなく到着するかと。修復には三ヶ月ほどかかる見込みです」

「さすがね。特別手当をはずんでおくわ」

「結構です。俺はレッジ家に適正な給与で雇《やと》われていますので、これは仕事のうちです」

「……ロルフって本当に真面目ねぇ」

どこかつまらなそうにパトリツィアは唇を尖らせるが、すぐに気持ちを切り替えて笑顔を浮かべた。

ロルフが特別手当を受け取らないのはいつものこと。

頑なにパトリツィアからお金を受け取らないロルフの態度は一貫性があり、好ましいのもまた事実。

「なら私たちも授業に参りましょう」

「はい」

ロルフにエスコートされ、パトリツィアは優雅に歩き出した。

その後、温室の授業はいつもと違う環境ということもあり盛り上がり、教師と生徒たちの間には何の遺恨《いこん》も残らなかったとか。

＊＊＊

このように、パトリツィアは自分の周りで起きる大小様々な事件を、お金と推理で華《か》麗《れい》に解決してしまうのだ。

関わった人々は、その豪快すぎるお金の使い方に驚いて、嫉妬という感情すら抱けなくなってしまう。

故に、歩く金山、座るダイヤモンド、笑う姿はプラチナの薔薇。

自分たちとは違う世界を生きる存在。

嫉妬などは身の程知らずのすることで、近づくことすらおこがましい。

それが周囲の人々が抱く、共通認識だ。

しかし当のパトリツィアはそのことに一切気が付いていない。

むしろもっと人と関わりたいし、友好を深めたいと思っているくらいだ。

帰宅し、今日の出来事を振り返りながら静かにお茶を飲んでいたパトリツィアは、ふう、と切なげな吐息を零《こぼ》した。

当然のようにその背後に控えていたロルフは、わずかに片眉を上げる。

「いかがなさいましたか」

「入学して一年も過ぎたというのに、なかなか友人ができないのはどうしてかしらね」

本気で憂《うれ》えているらしいパトリツィアに、ロルフは二秒ほど考えると「さあ」と軽く肩をすくめた。

「……俺にはわかりかねます」

「なんですの、それ」

その返事に、パトリツィアは可愛らしく唇を尖らせるのだった。

第一話

婚約破棄なんて美しくありませんわ

うららかな午後の昼下がり。

学園内にあるカフェのバルコニー席でパトリツィアはティータイムを楽しんでいた。

広々とした空間にいくつもの席が用意されているにもかかわらず、お茶を飲んでいるのはパトリツィアただ一人。

決して貸し切っているわけでもないのだが、どういうわけか他の生徒たちは屋内席から出てこようとしないため、周囲はとても静かだ。

「皆さんも、ぜひこの景色を楽しめばいいのに」

バルコニー席からは学園自慢の広い庭園が望めるのだ。

新年度が幕を開けて早一ヶ月。いまだに春の彩りを残した庭園は、花々に彩られている。初々《ういうい》しい新入生たちや、学園生活に慣れ上品な所作が身についた生徒たちが優雅《ゆうが》に行き交う光景は本当に美しい。

まるで動く絵画《かいが》のようだとパトリツィアはうっとりと目を細めた。

「もったいないとは思いませんか、ロルフ」

「そうですね」

しみじみと呟《つぶや》く声に応えるロルフの声は相変わらず素《そ》っ気《け》ない。

さらりとした黒髪を整えることもせず自然と流しただけだというのに、学園の上品な制服を着ているせいかその立ち姿はずいぶんと様になっている。

腰に差した剣さえなければ、貴族子息だと名乗っても疑われることはないだろう。

問題はその鋭すぎる眼光くらいだろうか。

せっかく生徒として学園に通っているのだから、少しは気を抜けばいいのにと思うが、職務に忠実なロルフには何を言っても無駄だとわかっているので、パトリツィアは静かに首を振るだけにとどめた。

ココル王国随一《ずいいち》の名門教育機関、エーデル学園。

王族をはじめ、名家と呼ばれる貴族の子どもは殆《ほとん》どがこの学園に入学する。

勉学の他にも、剣術や武術、マナーなどなど学べるカリキュラムは多岐《たき》にわたり、この学園の卒業生というだけで未来は約束されたも同然と言われている。

入学するためには、家柄だけではなく高い学力と教養が必須《ひっす》だ。

パトリツィアはそんな学園の入学試験をほぼトップの成績で合格し、入学を果たした。

無事に進級試験にも通り、今年から二年生となっている。

「そういえば、午後の授業は剣術でしたわよね。ロルフ、前回のようにクラスメイトに怪我をさせてはダメよ」

「承知しております」

平坦《へいたん》な声で応えたロルフに、パトリツィアは少しだけ眉根《まゆね》を寄せる。

二週間前、下級生を交えた剣術の合同授業でその事件は起きた。

教師がほんの少し席を外した時のことだ。

入学したての男子生徒が、女子生徒に剣先を向けて軽く脅《おど》したのだ。もちろん、ふざけてやったことだったが、無意味に人に剣を向けるなど言語道断だとパトリツィアはすぐに苦言《くげん》を呈《てい》した。

男子生徒は、女性に注意されたことに反感を覚えたのか、あろうことかその剣先をまっすぐにパトリツィアに向けたのだった。

かなり距離はあったし、男子生徒も危害を加えるつもりなどなかったのだろう。

少し脅してやろうという、甘やかされた貴族令息らしい態度に周囲は息を呑《の》んだ。

おそらく、男子生徒は知らなかったのだ。自分を注意した女生徒が、いったいどこの誰であるのかを。

背後に控えた男子生徒が、彼女を守るためにだけに入学した専属護衛であることも。

「剣を折るなんて、やりすぎよ」

「お嬢様に切っ先を向けたのです。当然かと」

ロルフは男子生徒の腕を捻《ひね》り上《あ》げたうえ、彼が持っていた剣を叩き折ったのだ。

男子生徒は殺されると悲鳴を上げ、かけつけた教師たちは真っ青。

ことの成り行きを見ていた生徒たちの証言でロルフにお咎《とが》めはなかったものの、やってしまったことは褒《ほ》められたことではないと口頭注意されてしまった。

腕を捻り上げられた男子生徒は捻挫。彼の私物だった剣は真っ二つ。

さすがに申し訳なかったとパトリツィアが個人的に新品の剣を送ったところ、彼の両親が地面に額《ひたい》をめり込ませる勢いで謝罪に駆けつけ剣を返してきたのは記憶に新しい。

「ロルフはもう少し気を抜きなさい。貴重な学園生活を楽しまなければ損よ。せっかく剣術の成績はトップなのだから、楽しんだら？」

ロルフはパトリツィアより二つ年上の十九歳であるが、護衛として同行することもあり同じタイミングで入学試験を受け、彼女の同級生としてエーデル学園に入学していた。

パトリツィアは学問や教養では主席だったが、ロルフが同時に試験を受けたこともあり体力検査に関しては主席を取れなかった、という背景がある。

「俺の役目はあくまでもお嬢様の護衛ですから」

「本当に融通《ゆうずう》の利《き》かないこと」

わざとらしく溜息《ためいき》を吐《つ》いてもロルフの表情は崩れない。

そんな態度が憎らしくも頼もしいと感じながら、白磁《はくじ》のティーカップを傾けて紅茶を一口飲んだ。

「……あら」

不意に動き止めたパトリツィアはティーカップをソーサーに戻し、大きな瞳をうっとりと潤《うる》ませ、感嘆の溜息を零《こぼ》す。

「今日も美しいわねシェイラ様は」

パトリツィアの視線の先には、庭園をしずしずと歩く一人の女生徒がいた。

銀糸のような長い髪。ミルクのような白い肌。小さな顔は芸術品のように整った配置をしている。

華奢《きゃしゃ》な体軀《たいく》を包むのは誰もが身に着けている制服の筈《はず》なのに、指先まで洗練された動きのせいで、女生徒の周りだけが輝いて見えた。

彼女はフラン公爵家《こうしゃくけ》の令嬢《れいじょう》、シェイラ。

パトリツィアより一つ年上の十八であり、本来ならば三年生である彼女は、勤勉《きんべん》かつ抜きん出た才能もあってすでに最上級生に進級している。

気品に満ちた立ち振る舞いに、誰に対しても態度を変えることのない平等さ。

教師ですら一目置くほど優秀なシェイラは、若くして貴婦人の鏡としてだれからも賞賛《しょうさん》されている。

パトリツィアが薔薇《ばら》ならば、シェイラは百合《ゆり》のような清楚《せいそ》な美しさを持っていた。

彼女が歩くだけで廊下《ろうか》の人波は左右に割れ、その高貴さと美しさにひれ伏すものが多数いるとさえ言われていた。

「今日もお姿を拝見できて幸せだわ」

「よかったですね」

どこか冷めたロルフの相槌を無視して、パトリツィアは頬《ほお》を赤く染めながらシェイラに熱い視線を向けていた。

「ご覧《らん》なさい、あの銀を糸にしたような美しい髪。満月のような琥珀色《こはくいろ》の瞳。何もかもが精巧《せいこう》な美よ。シェイラ様がこの国の未来の王妃になる日が待ち遠しいわ。結婚式のドレスや宝石を私《わたくし》がご用意できればよいのだけれど」

悩ましげな声を上げるパトリツィアに、ロルフはまたかと肩をすくめる。

「また無駄遣いをされるおつもりですか」

「無駄ではないわ。これは推《お》し活《かつ》よ！　おじいさまもお金は使ってこそだとおっしゃっていたわ。私は好きなものにお金を惜しみたくないの」

パトリツィアは美しいものが大好きだ。

見た目の美だけではない。

美味しいもの。楽しいもの。

無機物有機物にかかわらず、素晴《すば》らしいと感じたものを愛《め》でずにはいられない。

パトリツィアにとって、愛でるイコール投資である。

「だって、私にできることは、お金を使うことくらいだもの」

パトリツィアがこれまでしてきた推し活は多岐にわたる。

王都の片隅《かたすみ》にある今にも潰れそうなパン屋に偶然足を踏み入れたパトリツィアは、味が気に入ったと店主を勧誘し、レッジ家専属のパン職人にしてしまったのだ。隠居生活を送っている初代にもぜひ食べてほしかったから、と。

そこまでならまだいい。だが、せっかくの美味しいパンを自分だけで独占するのはもったいないと、パトリツィアはそのパンを大々的に売り出したのだ。

レッジ家御用達のパンはあっという間に話題になり、一般販売用に作られた店舗には毎朝行列ができるまでになった。

雇ったパン職人一人では必要な量をこなしきれなくなったため、新たに職人を雇い生産ルートを確立。小さな店舗では客を待たせてしまうからと、王都の中心に大きな店を作った。

その結果、パン屋は王都随一の人気店となっている。

「私は推しに輝いてほしいだけなのに、どうしてお小遣いが増えてしまうのかしらね」

パン屋の売り上げ明細を思い出しながら、パトリツィアは切なげな吐息《といき》を漏らした。

どういうわけか、パトリツィアが推す存在はいつも使った以上の利益を生む存在へと育ちがちだった。

儲けなど度外視で推しのためにお金を使っている筈なのに何故だろう。

「不思議だわ」

しみじみとつぶやきながらも、パトリツィアはシェイラから目を離さない。

パトリツィアがシェイラの存在を知ったのは、もうずいぶん前になる。

幼い頃、祖父に連れられ参加した貴族の集まりの場でシェイラは、それはそれは美しい輝きを放っていた。

以来、パトリツィアはシェイラを密かに敬慕していたのだ。

エーデル学園への入学を決めたのも、シェイラが在籍していたということが大きかったりする。

「ああ、本当にお美しいわ。見ているだけで心が潤《うるお》うわね」

「そんなにお慕《した》いしているならば声をかければよいではありませんか」

「もう！　ロルフはわかってないわね。推しは遠くから愛でてこそなの。シェイラ様の完璧な美しさの横に私がいても邪魔なだけよ」

「……お嬢様は鏡を見たことがないので？」

「毎朝見ているわよ？」

何故か目を細めるロルフを無視し、パトリツィアはシェイラへと視線を戻す。

庭園をしずしずと歩くシェイラの姿は、それだけで一つの芸術作品のようだった。

できることならずっと見ていたい。

この光景を留めておくような機械は作れないだろうかと考えていると、シェイラが不意に歩みを止めてしまった。

どうしたことだろうとシェイラの進行方向に目を向ければ、そこには一人の女生徒が立っていた。

思わず、パトリツィアは眉根を寄せた。

「またあの子ね」

「ああ、あの我儘《わがまま》令嬢ですか」

ロルフもその存在に気が付いたらしく、少し疲れた声で応える。

「ベル家のご令嬢にも困ったものだわ」

明るい栗毛と愛らしい顔立ちをした小柄な女生徒は、ベル伯爵家《はくしゃくけ》の令嬢レジー。

今年の春に入学を果たしたレジーは、学園ではちょっとした有名人だった。

それには二つ理由がある。

一つは生《お》い立《た》ち。レジーは伯爵がメイドに手を付け産ませた庶子《しょし》だということ。本来、庶子は爵位継承権を持たないため、たとえ育ったとしても伯爵家の名を名乗ることはない。しかしレジーは伯爵に引き取られて、正式に養子縁組みをしている。貴族社会ではずいぶんと珍しい話だ。

特にベル家にはすでに成人を果たした息子も、異国に嫁いだ娘もおり、跡取りには困っていない筈なのに。

もう一つは、その言動だった。

レジーはベル家に迎え入れられるまでは、母親と共に市井で暮らしていたこともあり、貴族のルールやマナーに疎《うと》いのだ。

人目をはばからず走ったり、目上の人間に自分から話しかけたりと、思わず目を剝《む》くような突飛《とっぴ》な行動は枚挙に暇《いとま》がない。

成績は悪くはないらしいが、よく入学できたものだと陰口を叩く者さえいる。

変わった生まれとその態度から、貴族に憧れた平民が父親にすがりついて入学したのではないかと噂されていた。

「何を考えているのかしらね」

いくらここが学《まな》び舎《や》とはいえ、最低限の教育くらいは叩き込んでおくべきではないかとベル家に対する反感は日に日に増している。

「ベル家には何かときな臭い噂がありますからね」

ロルフの言葉にパトリツィアは静かに頷く。

ベル伯爵家は、古くも新しくもない中流貴族だ。

領地は今のレッジ家の半分ほどと、これまた取り立て小さくも大きくもない。目立つ功績や実績もなく、事業も平凡《へいぼん》なものばかりだったという。

政治に関わりつつも、大きな発言権は持っていなかった。

それが大きく変わったのはほんの数年前からだ。

「異国との取り引きでずいぶんと儲けたのよね」

「ご令嬢の嫁《とつ》ぎ先の小国ですね」

山脈を挟んだ場所にある小国ソリティオ。特に交流もない小国家に、ベル家はレジーの異母姉《いぼし》である長女を嫁《とつ》がせたのだ。

何故そんな異国に、と当時はずいぶん話題になった。

だが、その答えはすぐに判明することになる。

ソリティオは良質な薬草の生産地であり、ベル家は長女の婚家を通じその輸入販売を一手に担《にな》うようになったのだ。

安価で品質のよい薬草が手に入ることとなり、ベル家がはじめた薬草店には人々が押しかけた。

「かなり騒ぎになったと記憶しています」

「ええ。おかげで国産品の相場は大崩れ。我が家が管理していた店のいくつかも打撃を受けたはずよ」

個人が小規模に取り扱うものを除き、国内で販売される薬草は商人協会によって毎年販売価格が定められてきた。

それは、決して儲《もう》けの独占のためではない。安定した生産と流通を守るための手段だ。

薬は希少品。誰かが儲けに走れば、一気にバランスが崩れてしまうから。

ベル家は市場を荒らしたとかなりの非難を浴びた。

事実、閉店に追い込まれた店もあったという。

事態を深刻に受け止めた王家は薬草販売に関する価格安定のための法律を正式に定め、ベル家に指導を入れた。

「関連の商売をしていた貴族の中には、いまだに恨んでいるところもあると思うわ」

そういった背景もあり、ベル家の娘であるレジーへの視線は冷ややかなものが多い。

本人にはまったく非がないのだから、大目に見てやればいいのにと、パトリツィアも最初は思っていた。

だが。

「あの子、また殿下に話しかけていてよ」

「ああ……」

げんなりした顔でロルフがパトリツィアの言葉に頷《うなず》く。

レジーの横には男子生徒がいた。

輝く黄金の髪。すらりとした長身に、細身ながらも鍛えられた身体を包むのは学園の制服だが、その胸元には純白のクラバットが添《そ》えられていた。

通常、制服の改造は許されていないが彼だけはそれが許されている。

何故なら彼は国の王子、アルド・ココルだからだ。

絵画のように整った顔立ちをしていることもあり、アルドに憧れる女生徒は多い。

頭脳明晰《ずのうめいせき》なことでも有名で、アルドは生徒という身でありながらも未来の国王として、早くから新たな条約の制定に関わるなど積極的に働いている。

レジーはそんなアルドの横にぴったりと身体をくっつけ、しきりに話しかけている。

本来、王族に対しそんな態度を取ることは許されない。

いくら学園の中では立場に関係なく平等という理念が掲《かか》げられているとはいえ、目に余るものがある光景だ。

「あの伯爵令嬢、ひな鳥よろしく殿下にべったりですからね。殿下も元庶民という肩書きの彼女を無下《むげ》にはできないのでしょう」

「だからって、婚約者であるシェイラ様よりも殿下に近いなんてありえませんわ。ああ、あんなにくっついて」

何を隠そう、シェイラはアルドの婚約者なのだ。

王家とそれに次ぐ権力を持った公爵家の婚姻《こんいん》は、政治的にも妥当《だとう》なものだ。

何より二人は年齢も一歳差と、組み合わせとしてはちょうどよいし、二人で並ぶ姿は本当に美しくて、パトリツィアは二人が並ぶ姿を見ているのがとても好きだった。

真面目なアルドと上品なシェイラは、想い合った婚約者というような甘い空気はなかったが、お互いを信頼した関係であることは誰の目にも明らかで、周囲は未来の国王夫妻の姿を微笑ましく見守っていた。

しかし、入学早々道に迷ったレジーをアルドが助けたことから雲行きが怪しくなった。

王族として生徒の見本となるべきだという考えからか、アルドはレジーに対しても心を砕いた対応を心がけているらしく、端《はた》から見てもずいぶん親切な態度だ。

周囲から遠巻きにされているレジーは、優しいアルドにべったり。

毎日この庭園に現れては、アルドの傍《そば》で小鳥よろしくずっと囀《さえず》っている。

結果として、本来アルドの横にいるべきシェイラが蔑《ないがし》ろにされているとしか思えない光景が目に付くようになっていた。

「殿下にも困ったものですわ」

シェイラが傍にいてもレジーに話しかけられれば応えるし、お茶や食事の誘いにも気軽に応じるアルドの態度は明らかに行き過ぎだ。

一部の生徒たちの間では、アルドはシェイラではなくレジーと結婚するのではないかという噂まで立っている始末。

事実、いまの光景はその噂を裏付けしかねないものだ。

シェイラはアルドとレジーが親しげに話している光景をただ黙って見つめている。

（ああ、本当にお美しい。シェイラ様のアクセサリーはやはり真珠《しんじゅ》がいいかしら。小ぶりな真珠の粒を揃えて三連にするのもいいわね。そういえば環境整備にお金を出した入

り江で真珠産業が盛り上がっていると報告があったわ。優先的に購入できないかしら）

パトリツィアの頭の中は、美しく着飾ったシェイラの姿でいっぱいになる。

しかし、想像の中でさえシェイラの表情は変わらない。

幸せな花嫁にあるべき笑顔が想像できないのだ。

「やはり、このままじゃ駄目だわ。シェイラ様には笑顔でいていただかなくては。私は幸せな花嫁姿が見たいのよ！」

「そこですか」

ロルフの突っ込みに、パトリツィアは当たり前でしょう！　と胸を反らす。

「私がすべてにおいて完璧にプロデュースしたいのに！　殿下がハッキリとした態度を取ってくだされば話は早いのに」

「いくら無礼《ぶれい》とはいえ、相手は下級生ですからね。冷たい態度を取れば、殿下に批判が向く可能性があります。まあ、俺から言わせてもらえばあれは……」

「あれは……？」

妙なところで言葉を区切ったロルフにパトリツィアは振り返る。

「いえ。俺の思い違いかも知れませんので黙っておきます」

「なあにそれ」

気になるわね、とパトリツィアが詰め寄ろうとしたところ、庭園から誰かが「きゃあ」と叫《さけ》んだのが聞こえた。

再び庭園へと視線を戻せば、先ほどまではそこにいなかった筈《はず》の女生徒たちが、シェイラの後ろにずらりと立ち並んでいる。

「あら……」

パトリツィアは片眉を上げる。

距離があるため声は聞こえないが、女生徒たちが興奮していることだけはわかる。

「ロルフ」

声に応え、ロルフがバルコニーの手すり近くまで歩みを進めた。

そしてじっと彼らの口元に視線を向ける。

「ベル家の令嬢を咎《とが》めているようですね。殿下の優しさに甘えるな、シェイラ様の気持ちを考えろ、などと言っているようです」

「殿下はなんと？」

「……女生徒たちを宥めておいでです」

「シェイラ様は？」

「女生徒たちを宥めておいでです」

「なるほど。もういいわ。相変わらずあなたの読唇術《どくしんじゅつ》はすごいわね」

「大したことではありません」

なんでもないことのように答えたロルフは手すりから離れると、定位置であるパトリツィアの背後に戻ってきた。

パトリツィアはまだ声を上げているらしい女生徒たちを見つめ、はぁ、と短い溜息を零した。

「美しくありませんわ。シェイラ様の表情もあんなに愁《うれ》いを帯びて……」

どうやらシェイラはレジーを糾弾《きゅうだん》している女生徒たちに静まるように説得しているらしいが、この距離からでも彼女たちが不満を溜め込んでいるのがよくわかる。

美しく聡明《そうめい》なシェイラには信者が多い。特に貴族であることを誇りに思っている派閥《はばつ》からは絶大な支持を得ている。レジーが反感を買うのは当然の流れだ。

今日のように目の前で直接言葉を向けるのはまだいい方だろう。

説得が終わったのか、シェイラはアルドに一礼すると女生徒たちを引き連れ庭園から離れて行ってしまう。

せっかくの眼福《がんぷく》タイムが終わってしまったことに、落胆《らくたん》を隠しきれない。

「お嬢様。午後の授業がはじまります」

「わかったわ」

パトリツィアは、気落ちした声で返事をしながら慣れた仕草《しぐさ》で椅子《いす》を引くロルフに合わせゆっくりと立ち上がった。

名残惜《なごりお》しげに視線を向けた庭園では、残されたアルドとレジーが話し込んでいた。

アルドの表情は落ち着いたものだが、レジーの表情は真《ま》っ青《さお》だ。

シェイラがいた時はあんなに必死にアルドに甘えていたのが嘘のようだ。

女生徒たちに攻められたのだから当然といえば当然だが、わずかに湧き上がった違和感が心を揺らす。

「……ロルフ」

「はいお嬢様」

「少し調べてもらいたいことがあるのだけれど」

わずかに目を見開いたロルフに、パトリツィアは薔薇のような笑みを向けたのだった。

＊＊＊

レッジ家は国内にいくつもの建物を所有している。

現在、パトリツィアはその中の一つである王都の屋敷《やしき》を生活の中心にしていた。

学園にもほど近い中心部に立つリージェンシー式の邸宅《ていたく》は、白亜《はくあ》の壁に深緑《しんりょく》の屋根をした上品な造りだ。元々は開業医が所有していたそうで、ずいぶんとお金をかけてはいるが、築百年はくだらないこともあり少々古めかしい装飾なのは否めない。

敬愛する祖父はせっかくだからもっと大きな屋敷を新築すべきだと言ってくれたが、最上階にある書斎《しょさい》からはココル王国の華やかな街並みが望めることもあり、パトリツィアはとてもここを気に入っていた。

共に暮らすのは護衛であるロルフと、気心の知れた数名の使用人。彼らはいつもパトリツィアの暮らしを最上級なものに整えてくれる。

休日の朝ということもあり、動きやすい柔らかな菫色《すみれいろ》のドレスに身を包んだパトリツィアは、椅子の背もたれに身体を預けていた。

目の前に置かれた円形机の上には、香ばしい焼き色の付いたクロワッサンと薄紅色《うすべにいろ》の紅茶が注がれたティーカップが並んでいる。

食欲をくすぐる香りに頬を緩ませながら、パトリツィアはサイドデスクにずらりと並べられた新聞の一面に視線を向けた。

「どれも美しくないお話ばかりねぇ」

各社がこぞって扱っているのは、薬草にまつわる新法制定についての動きだ。

これまでは資格を持った薬師さえいれば自由に販売できていた薬草を、危険度順にランク分けすることで適正な処方を促すという名目ではじまろうとしているそれは、世間の注目をかなり集めている。

レッジ家の商売に関わる内容なので無関心というわけではないが、美しくはないので心は躍《おど》らない。

興味をそそられるものといえば、王立の植物園で、数十年に一度しか咲かないと言われる希少な花に蕾《つぼみ》が付いたという平和な記事くらいだろう。

蕾が付いてから花が咲くまではには数ヶ月かかるらしい。ぜひ見てみたいので、予想されている開花日を調べておこうと考えならティーカップに手を伸ばせば、規則正しいリズムのノックが書斎の扉を揺らす。

「どうぞ」

「おはようございますお嬢様」

黒を基調とした騎士服に身を包んだロルフが、書類を片手に書斎へと入ってきた。

学園では無造作《むぞうさ》に下ろしている前髪をきっちりと上げているため、凜々《りり》しい目元があらわになっており、端整《たんせい》さがぐっと増している。

「おはようロルフ。あなた、やはり学園でもその髪型にしていた方がよいのではなくて？　男ぶりが上がるわよ」

せっかく顔が良いのだから、とロルフの前髪に触れようと手を伸ばせば、すっと後ろに下がられてしまう。

「結構です。俺はあくまでもお嬢様の護衛ですので目立つのは避けたく存じます」

パトリツィアの提案をさらりとかわしたロルフは、手に持っていた書類を差し出した。

「昨日ご依頼された調査報告書です」

「どうもありがとう」

にこりと微笑みながらパトリツィアは分厚い書類を受け取った。

几帳面《きちょうめん》な文字でびっしりと情報が書き込まれた紙束からは、華やかな薔薇の香りが漂っている。

そこに書かれていたのは市井でレジーがどのように暮らしていたかと、学園に入学してからの生活についてだ。

「ふうん。なかなか意外な結果ね」

ベル家当主のお手つきになったレジーの母親は、正妻に疎《うと》まれたことをきっかけに、まとまった金を受け取り屋敷を出た。

彼女のお腹にレジーが宿っていたが、すでに跡取りがいたベル家にとってメイドを母に持つ庶子など取るに足らない存在だったのだろう。

レジーが生まれたあと、母親は宿屋で下働きをしながらつつましく暮らしていた。

そんな母親を見初めたのは、王都の片隅で小さな薬屋を営んでいた純朴《じゅんぼく》な薬師《くすし》。

二人は出会ってまもなく結婚し、レジーは二人の子どもとして大切に育てられた。

弟妹も生まれており、彼らは周囲も羨むような仲のいい家族だったという。

レジーはとても家族思いで勤勉な少女だと評判だったらしい。

「噂になっているレジー様の評価とはずいぶんとかけ離れている結果ね」

「家族の生活を支えるために、早くから働いていたようです」

「それなのに、どうしてベル家に養子入りしたのかしら……」

「周囲の住人もかなり驚いていたようでした」

書類の続きには、昨年、突然一家がまとめて引っ越しをしたことだけが記されていた。

時期はレジーがベル家に養子入りしたのとほぼ同時期だ。

引っ越しの理由と行き先に関しては、調査継続中と書かれている。

父親が営んでいた薬屋は評判が良かっただけに、周囲の落胆の声も大きかった。

「我が家の情報部は本当に優秀ね。これだけの情報を一晩で集めてくるなんて」

レッジ家にはいくつもの専門機関が存在している。

情報部はその中の一つで、先代当主であるパトリツィアの祖父が金を惜しまず集めた精鋭ばかりが揃っている。

彼らがその気になれば、国王の下着の色さえわかるだろう。

「学園での素行《そこう》についても、やはり違和感が目立つわね」

養子として迎え入れられた庶子ということもあり、レジーは入学当初からかなりの注目を浴びていたのかと思いきや、意外なことに入学式から数週間の間は大きな騒ぎを起こさず平均的な生徒として振る舞っていたことがわかった。

急変したのは、やはりアルドに出会ってからだ。

奇抜な行動が目に付くようになり、反感を抱く生徒が増え、悪評がドミノ倒しのように広まっている。

「学園での素行についても、現在詳しい調査を進めております。が、こちらはそう難しい話ではないでしょう」

「あら、どうしてそう思うの？」

訳知り顔で微笑むパトリツィアにロルフは肩をすくめる。

「同じ学園に在籍していれば、おのずといろいろ耳に入りますし、目にも付きます。お嬢様もお気づきなのでは？」

探るようなロルフの視線に、パトリツィアは優雅な微笑みを浮かべた。

「案外、目に見えているものがすべてだったりしますものねぇ」

ふふ、っと笑いながらパトリツィアは、美しく塗られた爪でとんとんと書類を叩く。

「ですが目に見えないことは私にもわかりませんわ。レジー様の態度は、殿下に恋をして浮かれただけとは思えませんわ」

絵に描いたような王子様であるアルドに恋をしてしまう女生徒は少なくない。

しかし、それにしてもレジーの言動は行き過ぎだ。

王家が定めた王子の婚約者であるシェイラを侮るなど、本来ならば父親であるベル伯爵が諫《いさ》めるべき事案だろう。

だというのに、ベル伯爵がレジーに対しなんらかの対処をした気配はない。

「レジー様は寮生ではないのね？」

報告書に書かれたレジーの居住地は学園内にある女子寮ではなく、ベル伯爵家が所有する別邸になっていた。

そこには馬牧場と小さな集落があるくらいで、かなり閑散《かんさん》としていると記憶している。

おおよそ貴族令嬢が住むにはふさわしくない地域だ。

そのうえ、学園からもかなり距離が離れている。

通常、学園の近隣に屋敷を持たない生徒は学生寮に入るのが通例だというのに、どういうことだろう。

「ベル家は王都にタウンハウスをお持ちではなかったかしら」

「あります。例の薬草で儲けたお金を使って、ずいぶんな豪邸を建てたはずです」

「養子に迎えたのに、一緒には暮らしていないのね」

正妻との折り合いが悪く同居させないのは自然だが、いくら何でも郊外の別荘に住まわせているというのは違和感がある。

大きな屋敷ならば、共に暮らしていても顔を合わせず生活することも可能なのに。

「これだけ離れていたら、登校も大変なのではなくて？」

「毎日伯爵家の馬車で送迎されているようです」

ふうん、と考え込んだパトリツィアはパチリと指を鳴らす。

すると部屋のドアが音もなく開いて、レッジ家の執事長が姿を見せた。

白髪の老紳士である執事長は、パトリツィアが幼い頃からその見た目を殆《ほとん》ど変えることなく仕えてくれている信頼の置ける人物だ。

「お呼びでしょうかお嬢様」

「今日の予定は？」

「午前中はピアノのレッスンが。午後は、ドレスサロンの予約を入れております」

「どちらもキャンセルしてちょうだい。もちろん違約金をお支払いしてね」

「かしこまりました」

執事長は恭《うやうや》しく頷くとすぐに書斎を離れていく。

それを見送ったロルフは、怪訝《けげん》そうな視線をパトリツィアに向けた。

「一応お聞きしますが、どこに行くおつもりですか」

「ふふ」

いたずらっぽい笑みを浮かべながらパトリツィアはゆっくりと立ち上がった。

「先日、乗馬服を新調したでしょう？」

「ああ。一式揃《そろ》えていらっしゃいましたね」

「そうなの。その仕上がりがもうすぐだから引き取りに行こうかと思って」

「承知しました。でも、何故今？」

少し怪訝そうに首を傾げるロルフに、パトリツィアはにこりと微笑む。

「新しい馬を買うつもりだからよ」


広い牧草地を何頭もの馬が自由に駆け回っている。

「この栗毛は父馬も母馬も共に血統がよく、将来有望ですよ」

「あら素敵《すてき》ね」

馴染《なじ》みの牧場主は、突然やってきたパトリツィアたちを嫌な顔一つせずに出迎えてくれた。

まだ売り出し前の若馬たちを一頭一頭丁寧《ていねい》に紹介してくれる表情は、とても生き生きとしている。

「お気に召した馬がいたらおっしゃってくださいね。すぐにレッジ家の牧場にお届けしますから」

「あら、そんなに気を遣わなくていいのよ。必要な時はきちんと競《せ》りに参加して購入させていただくわ」

馬の購入は個人が直接買い付けることもできるが、素晴らしい馬を競りに出品し高額で販売することも牧場の価値を高める大切なことなのに、とパトリツィアが驚けば、牧場主はいやいやと首を振った。

「とんでもない。私がこうやって馬たちを育てられるのはお嬢様あってのことです。このような老いぼれに場所と馬を与えてくださったのはお嬢様なのですから、この馬たちはすべてお嬢様のものと言っても過言ではないのですよ」

　ここの牧場主であるハンスは、数年前まではある貴族の屋敷で専属調教師として雇《やと》われていた。

　パトリツィアとハンスが出会ったのは、とある馬の品評会《ひんぴょうかい》だった。馬術を披露《ひろう》する場で、ハンスの主であった貴族は落馬するという無様《ぶざま》な失態を晒《さら》した。それは、どう見ても貴族が鞭《むち》を振るいすぎたせいで馬が怯《おび》えた結果だった。しかし、プライドの高い貴族はそれを認められなかったらしい。

「貴様！　よくもこの私に恥をかかせたな！」

「お許しください！　お許しください！」

地面に額をこすりつけ謝罪を繰り返すハンスに、額に青筋を浮かべた貴族は鞭を振りかぶる。

　すでに何度か打たれたあとのハンスの背中は服が破れており、赤く腫れ上がった傷が生々しくあらわになっていた。

「許さん！　あの馬もろとも貴様も処分してくれる！」

「そんなっ……！　お許しください！　あの子はまだ若くこれからなのです。どうか、どうか……」

悲痛な声で訴えるハンスに、貴族は残酷《ざんこく》な笑みを浮かべる。

「いいや、駄目だ。明日にでも……」

「では、私に売ってくださらない？」

「は？」

鞭を振りかぶったままの間抜けな姿勢のまま、貴族は首だけを動かして後ろを向く。

そこに立っていたのは、当時、まだ少女のあどけなさを残したパトリツィアだった。

濃緑の乗馬服に身を包み、美しい髪をしっかりと結い上げていることもあり、年齢よりずいぶんと大人びて見える。

「な、なんだ君は、突然」

「聞こえませんでしたか？　処分するのならば私に売ってくださらないかしら」

「は……？　子どもが何を言ってるんだ」

貴族はパトリツィアが誰だかわからないのだろう。驚きながらも、すぐに高圧的な口調で威圧してきた。

「子どもの小遣いで買えるようなものではないぞ」

「二千万ベルでいかが？」

「は……？」

「あら。やはりご不満かしら？　まあ、二千万ベルなんて失礼ですわよね。ねぇロルフ、あと二千万ベルほど都合するのにはどれくらい時間が必要かしら？」

黒い乗馬服に身を包んだロルフが音もなくパトリツィアの背後から姿を現した。

青年と呼ぶにはまだ幼さのある顔立ちをしているにもかかわらず、その鋭い眼光に貴族もハンスも一瞬たじろぐ。

「家令《かれい》に確認を取りますが、半日ほどあれば準備できるかと」

「だそうですわ。いかがかしら？　それとも四千万ぽっちでは足りませんこと？」

「よ、四千万ぽっち、って、君……」

貴族は目を白黒させている。

当然だろう。平均的な馬の価格は高くても一千万ベル程度が相場だ。名馬の血統ともなれば数億はくだらないが、そんなものは王族か高位の貴族が囲うような存在。普通の貴族がおいそれと飼育できる存在ではない。

貴族が購入し、ハンスが育てた馬は血統も確かだしよい馬ではあったが、購入金額とこれまでの飼育にかかった費用を足し合わせてもせいぜい数百万ベルだろう。

それを四千万もの高値で買おうとしているこの子どもは何なのか。

（相場を知らぬガキといったところか）

表情には出さず、貴族はすぐに考えを切り替える。

「は……そこまで言うならば譲ってやらないこともない、が……四千万、本当に用意できるのか？」

「ええ。おじいさまにも欲しい馬があれば遠慮なく買い取るようにと言われておりますから」

（なるほど。どこぞ成金貴族が甘やかした孫娘を連れてきたんだな）

にたりと笑った貴族はパトリツィアへと歩み寄る。

（あの馬が四千万とはいい商売ができた。この調教師がいれば、またよい馬は育つだろうし、ここは話に乗るとするか）

馴《な》れ馴《な》れしくその肩に触れようとするが、その手は二人の間に割って入ったロルフによってすぐさま阻まれてしまった。

「なっ貴様っ……この私を誰だと思っている……！」

年若い護衛に邪魔されたことに貴族は気色《けしき》ばむ。

「貴殿こそ、レッジ家のお嬢様に軽々しく触れようとするとはどういうおつもりですか」

「……！」

ハンスと貴族の顔色がさっと青ざめる。

「レ、レッジ家……では、あなた、は」

「申し遅れました。私、パトリツィア・レッジと申します」

首を絞められたニワトリのような声を上げ、貴族はその場にへたり込む。

「代金は今日中に届けさせますわね。もうこのまま連れて帰っても構わないかしら？」

「あ、ああ、いえ、その……わか、ました」

ガクガクと頷く貴族にパトリツィアは満足げに微笑むと、優雅《ゆうが》な歩調でハンスの方へと近寄っていく。

「では、まいりましょうか」

「へ？」

間抜けな声を上げたハンスに、パトリツィアが手を差し出す。

「あなたの調教した馬はどれも賢く動きがよかったわ。よほど腕がよいのね。私、あなたが育てた馬に乗ってみたいと思ったの」

「あ、あの……？」

「お嬢様、なにを、おたわむれ、を……？」

ハンスも貴族も意味がわからないという顔をしている。

「何かおかしくて？　私、「処分するのならば売ってくださらない」と言ったはずですわ。あなた、先ほど彼と馬を処分すると言っていたではありませんか」

「そっ、それは……」

「それとも先ほどのお言葉は嘘だったのですか、でしたら……」

「いいえ！　嘘ではございません、ぜひ、お連れください」

貴族は慌てて頭を下げる。

天下のレッジ家に逆らえばどうなるか。

たかが調教師だ。少々惜しいが、四千万もあれば腕利きの調教師を新たに雇い入れることもできるだろう。

「あら、よろしいの？　金額を上乗せしようと思ったのだけれど」

「は……」

ぽかんとした顔をして固まった貴族にパトリツィアはにこりと笑みを浮かべる。

「ロルフ。こちらの方をお連れして。あの馬も我が家に運んでおくようにね」

「承知しました」

そうして、ハンスはパトリツィアにより新しい人生を歩むことになったのだった。

「お嬢様が、この牧場を任せてくださったおかげで馬たちに囲まれとても充実した日々を送っているのです。馬を優先的にお嬢様にお譲りするのは当然のことです」

パトリツィアに牧場主という新しい肩書きを与えられたハンスは、精力的に仕事に励み、国内で知らぬ者はいないほどの存在になっていた。

一人で牧場を管理しているため規模はまだ小さいが、この牧場で育った馬たちは一頭数千万ベルの価値がつくこともあった。

ハンスが最初に生み出した名馬は、あの日パトリツィアが救った馬の子どもだった。

美しく賢い馬の血統は、今も脈々と受け継がれている。

「そんな謙遜しなくてよろしいのよ。ハンスが育てた馬は、今や国内有数の名馬ばかり。あなたの才能よ」

「お嬢様……！」

瞳《ひとみ》を潤《うる》ませるハンスに、パトリツィアは優しい笑みを浮かべる。

ハンスを手放した貴族は、パトリツィアから支払われたお金で新たな調教師を雇おうとしたが、高望みが過ぎて詐欺に遭い財産をかなり失ったという。

持っていた馬も殆ど手放すことになり、今ではかなり落ちぶれているらしい。

「そうだわハンス。ちょっと聞きたいことがあるのだけれど」

「なんでしょうか」

「この先に、別荘があることをご存じ？　ベル伯爵家が所有しているはずなのだけれど」

「別荘……ああ……」

一瞬だけハンスの表情が陰ったのをパトリツィアは見逃さなかった。

「何か思うところがあるのかしら」

「何度か近くまで馬を走らせたことがあるのですが、敷地に近づいただけで武装《ぶそう》した男たちが駆け寄ってくるような屋敷《やしき》です。警備もかなり厳重で、なんだか嫌な雰囲気でしたね。それに……」

「それに？」

一度言葉を切ったハンスは、走り回る馬たちに視線を向けた。

「あの屋敷の傍《そば》を走らせたあとは、馬たちの様子がどこかおかしいのです。興奮状態が続くというか。最近は近づいてもいません」

「それは妙な話ね……」

考え込むパトリツィアに、ハンスが静かに首を振る。

「申し訳ありません。あまりお役に立てる話がなくて」

「いいえ、大変参考になったわ。それに、よい馬も見せてもらえたし」

「お気に召《め》した仔《こ》はいましたか？」

「みんなとっても魅力的よ。でもまだここで遊んでいたい仔が多いみたいだから、お迎えはまた次の機会にするわ」

「かしこまりました。いつでもお待ちしております」

にこやかな笑顔に見送られ、パトリツィアはロルフと共に牧場をあとにした。

馬車に乗り込んだパトリツィアは、御者に次の行き先を告げる。

「この近くにある集落に向かってちょうだい」

「ベル家の屋敷には行かないのですか？」

　驚いた様子のロルフに、パトリツィアは静かに頷いた。

「ハンスも言っていたでしょう。かなり厳重な警備体制が敷かれていると。約束もなしに私が行ったところで、門前払《もんぜんばら》いされるにきまっているわ」

「だから集落に？」

「ええ。そこは牧場よりもベル家の別荘に近いでしょう？　なにかわかることがあるかと思って」

　もしかしたら散歩をするレジーの姿を見た住人もいるかもしれない。

　なんとなく頭の中で形になり始めた答えの輪郭《りんかく》を探すかのように、パトリツィアは瞳を輝かせる。

「……どうしてそこまでされるのですか？」

　いつもよりほんの少し低い声になったロルフの問いかけに、パトリツィアは目をぱちりと大きく瞬《またた》く。

　ひた、と見つめてくる黒い瞳は真剣そのものだ。

「もちろん。シェイラ様の幸せな花嫁姿を見るためですわ。レジー様がどういうおつもりで殿下に近づいているのかわからないと、対策が取れないでしょう？」

「そうだとしても、お嬢様自ら動かれる必要はないのではありませんか？　危険です。あの集落は、最近治安《ちあん》が悪化してるという噂があります」

「まあ怖い」

「ですから……」

「私にはロルフがいるから、怖くないわ」

心からの信頼を込めた笑顔を向ければ、ロルフはぐっと喉《のど》を詰まらせたような声を上げ、何故か視線を窓の外に向けてしまう。

その耳がほんのりと赤くなっているのが見えた。

滅多なことでは感情を揺るがせないロルフの意外な姿に、パトリツィアは頬が熱を持つのを感じた。

「あら、照れてるの？」

「違います」

思わず問いかければ、間髪《かんはつ》容《い》れずにさらりとした返事が返ってくる。

その声は平坦で、動揺の欠片《かけら》もない。

「お嬢様が無茶を言うから少し怒っているだけです」

「怒ってるの？」

「ええ」

こちらを見ないロルフの耳たぶはいまだにほんのりと赤い。

これは、怒っているというよりも照れているのかもしれない。

「だって、何があってもロルフは私を守ってくれるでしょう？」

それは、心からの本音だった。

レッジ家の令嬢であるパトリツィアが狙われることは珍しくない。

幼い頃から何度となく危険にさらされてきた。

気丈《きじょう》に振る舞っていても、怖いと思ったことは何度もある。

でも、ロルフが傍にいてくれるようになってから、怖いと思うことはずいぶん減った。

今ではむしろ、何を怖がることがあるのかとさえ考えている。

「どんなときだって私の隣にはロルフがいる。これ以上、心強いことなんてないわ」

窓の外を見ていたロルフが、パトリツィアを見据《みす》えた。

黒い瞳が何か言いたげに揺れている。

初めてあった時よりずいぶん大人びて凛々《りり》しくなったその顔立ちに、パトリツィアの心臓が少しだけきゅんと締め付けられた。

（……ん？）

なぜ胸が締め付けられたのかわからず、パトリツィアは目をぱちりと瞬く。

ロルフがぎゅっと眉間《みけん》に皺《しわ》を寄せたのがわかる。

「……俺が失敗するとは思わないんですか」

「思わないわ」

は、とロルフが息を呑《の》んだ音が聞こえた。

「だって、信じているもの」

「あなたは……」

どこか苦しげに唸《うな》ったロルフは、掌《てのひら》で顔を覆《おお》うと何故か俯《うつむ》いてしまった。

もしかしてどこか具合が悪くなったのだろうか。

「大丈夫？　そんなに疲れたのなら一度帰りましょうか？」

腰を浮かせロルフの隣に移動しようとするが、両手で制止されてしまった。

「大丈夫です。少し放っておいてください」

「でも……あ、もしかして失敗したときの賠償《ばいしょう》が心配なの？」

「は？」

俯いていたロルフが弾《はじ》かれたように顔を上げた。

「安心して。もし私に何かあっても、給金を下げるようなことは絶対させないわ。いざとなれば、私の個人資産で一生養ってあげてよ」

「……結構です」

なぜか脱力したように答えたロルフは、ふっと口元を緩める。

その表情に、どうしてか再び心臓が跳ねた気がした。

「俺は、何があってもお嬢様をお守りしますので」

そんな頼もしい言葉がくすぐったくて、パトリツィアは頬を緩めたのだった。


牧場から馬車を走らせ半刻ほどの場所に、その集落はあった。

家は両手で足りるほどしかなく、集落の中央にはぽつんと井戸があるきり。人気は殆どなく本当に人が住んでいるのか不安になるほどだ。

「ずいぶんと閑散《かんさん》としているわね。皆、仕事に出ているのかしら」

周囲を見回しながら歩いていれば、どの家々もわずかに荒れた空気がある。なんだか嫌な予感がすると、歩いていると、物陰から小さな影が飛び出してきた。

「お嬢様！」

さっとロルフが影とパトリツィアの間に立ちはだかる。

腰の剣を抜きかけたロルフだったが、影の正体を認めるとすぐにその手を緩めた。

「お前たち、何しにきたんだよ！」

それは小さな少年だった。その背中には、まだ自分で歩けぬほどの幼児が背負われている。可愛らしい顔立ちから女の子だろうか。

少年は木の棒を真っ直ぐにロルフとパトリツィアに向けていた。

「あら。こんにちは」

パトリツィアが礼儀正しく会釈《えしゃく》をすれば、少年はきょとんと目を丸くした。その顔は、年相応《としそうおう》にあどけなく可愛らしい。

「私たち、ちょっと聞きたいことがあってここにきたのだけれど。あなたのご両親はご在宅かしら？」

「ござ……？」

言葉の意味がわからなかったのか、少年は困ったように首を傾げる。

「お父さんか、お母さんは？」

「……二人とも、働きに行ってる。帰ってくるのは夜だ」

「そうなの。背中の子は、妹さん？　一人で世話をしているなんて偉いわね」

「べつに、いつものことだし」

こちらに敵意がないとわかってくれたのか、少年は手に持っていた棒をゆっくりと下げてくれた。ほんのりと頬が赤いのは、褒《ほ》められたからだろうか。

（ずいぶんと痩《や》せているわね）

少年は薄汚れた服を着ていた。袖《そで》から覗《のぞ》く手足は細く、髪や肌のつやもあまりない。きちんと食事をしているのか不安になる。

心配になってじっと少年を見つめていれば、まだ完全には警戒を解いていない瞳がパトリツィアを見上げてきた。

「あんた、貴族、ってやつか」

どこか苛立《いらだ》ちを含んだ言葉遣いに、ロルフがピクリと片眉を上げる。

「お前、誰に向かって……」

「ええそうよ。私は貴族だわ」

少年に向かって説教をしそうなロルフの言葉を遮《さえぎ》り、パトリツィアは少年に視線を合わせるようにその場にしゃがみ込んだ。

「貴族が、こんなところになんの用だよ。おれたちを笑いにきたのか」

「笑ったりなんかしないわ。誰がそんな酷《ひど》いことを」

「この近くに住んでる貴族はいつもおれたちを見て笑うんだ。みっともないびんぼうになんだ、って。父ちゃんも母ちゃんも、やとわれの身だからって何も言い返さないんだ」

悔《くや》しさの滲《にじ》んだ言葉にパトリツィアは息を呑む。

(この近くに住んでる貴族……ベル家ね)

「あなたのご両親は、ベル家にお勤めなの？」

「……うん。このあたりに住んでる大人はみんなあの貴族のところに行ってるよ。みんな、ずっと忙しいって。父ちゃんも母ちゃんも、いつも疲れてるんだ。おれ、貴族なんてだいっ嫌いだ」

なんだか酷く嫌な気分だった。貴族は、自分の立場に奢ることなく、いつも美しくあるべきというのがパトリツィアの主義なのに。こんな小さな子に、こんな顔をさせるのが同じ貴族だなんて、と腹立たしい気分になる。

「それは大変だったわね。ねえ、お腹が空いているのではなくて？　よかったら食事をごちそうするわ。妹さんにも何か……」

「いらない」

「え？」

「母ちゃんが、人から施しを受けては駄目だって。何もあげられないのに、何かを貰ったら、一生その相手に頭が上がらなくなる、って言ってた」

そう言葉を紡《つむ》ぐ少年の表情は、なにかに耐えているのがわかる。小さな瞳は潤んでいるし、握りしめた拳は震えていた。きっとお腹は空《す》いているに違いない。パトリツィアは少年の頬に手を伸ばし、指先で優しく撫《な》でる。肉の削げたかさついた頬は、子どものものとは思えない手触りだった。

（こんなに小さいのに）

きっと、彼らの両親が体験したからこその言葉なのだろう。

人からの好意を素直に受け取ってはいけないと教えざるを得ない状況にまで追い込まれているのだという事実に胸が痛む。

「そうね。無料《ただ》より高いものはないわ。でもね……」

「でも……？」

不思議そうに顔を上げた少年が潤んだ瞳をパトリツィアに向けた。その時だった。

「グルルル」

低いうなり声があたりに響く。

視線を向ければ、大きな黒い野犬《やけん》が牙を剝き出しにして、こちらに鼻先を向けていた。

白く泡立った涎を垂らし、目を血走らせている。

明らかに正気ではない様子に、パトリツィアは少年とその妹を抱きかかえて庇《かば》おうとした。

しかし。

「お姉さん、逃げて！」

パトリツィアが抱きしめるより先に、少年は彼女を庇うように両手を広げて野犬の方へと立ちはだかったのだ。

小さな背中の頼もしさに、パトリツィアは目を見張る。

「ロルフ！」

呼びかけと同時にロルフが地面を蹴り、野犬の首筋を上から押さえ付けるようにして地面に押しつけた。

野犬は、きゃん、という憐《あわ》れな鳴き声を上げ、ぐったりと地面に伏してしまった。

「気を失わせました。病気持ちかもしれませんので、近づかないでください。今、我が家の獣医を呼びますので」

ロルフの言葉に、少年はへたりとその場に座り込んだ。背中の女の子もなにかの異常を感じたのか、声を上げてむずがりはじめた。パトリツィアは少年ごと女の子を抱き寄せる。

「怖かったね。もう、大丈夫だからね」

抱きしめられたことで安心したのか、少年は身体を震わせ、ひくひくとしゃくり上げると、とうとう声を上げて泣きじゃくりはじめた。

「う、うわーん」

「ありがとう。怖かったのに助けてくれようとしたのよね。素晴らしいわ。あなた、とっても強いのね」

痩せた小さな身体をきつく抱きしめながら、パトリツィアは小さな勇者を賞賛《しょうさん》したのだった。

その後、ロルフが呼び寄せたレッジ家の獣医によって野犬は引き取られていった。

調べたところ、この集落には足腰の悪い老人と子どもしか残っておらず、働き手はすべてベル家の屋敷に出稼ぎに行っているらしい。

これ以上の収穫が見込めない以上、長居は無用ではあったが、子どもたちを置いていくのはやはり心配だった。

そこでパトリツィアはレッジ家のお抱え騎士団から数名の騎士を派遣し、この集落の警護に当たるように命じた。

「お父さんとお母さんが帰ってくるまでは、あのお兄さんたちがいてくれるから、困ったことがあったら何でも相談しなさい。それと、食料も少し置いておくからみんなで食べてね」

「でも、そんな……」

眠ってしまった妹を祖母に預けてきたという少年は、何か言いたげに俯いてしまう。

母親に言い聞かされた言葉が葛藤《かっとう》を生んでいるのだろう。

「これはあなたの勇気に対する対価よ。受け取ってちょうだい、小さな勇者さん」

「……！」

ぱあっと表情を明るくした少年に手を振り、パトリツィアたちは帰りの馬車に乗り込む。

ドアを完全に閉めたところで、ロルフが何か言いたげな視線を向けてきた。

「お嬢様は人が良すぎます」

「私、あの子の勇気に心を打たれたのよ。まるで昔のロルフみたいだった」

「……！」

いつもは鋭く細められている目を見開いたロルフに、パトリツィアはにこりと微笑む。

「私、子どもはいつも笑っているべきだと思うの。美味しいものを食べて、暖かい布団《ふとん》で眠ってほしい。それは贅沢《ぜいたく》な望みじゃないはずよ」

「……そうやって、あなたはいつも誰かを助けてしまうんですね」

「いいえ。助けてるつもりはないわ。だって、美しいものを大切にしたいというのは、私のエゴだもの。やりたくてやってるのよ。だって、楽しいじゃない」

ふふ、と笑えばロルフがわずかに鼻の頭に皺《しわ》を寄せる。

「あなたは、ほんとうに……」

溜息交《ためいきま》じりに何かを呟いたロルフの声は最後まで聞き取れなかった。

「それで。このあとはどうするおつもりですか？」

「そうね。ベル家がなにかを隠していることだけは間違いないわ。これはもう少ししっかり調べる必要がありそうね」

「承知しました。情報部にベル家と、例の別荘について探らせます」

「お願いね。あ、そうだ、今日の働きへの特別手当を……」

「必要ありません」

素っ気ないロルフの返事に小さく唇を尖らせる。

「本当につれないんだから」

それでも、やはりロルフは守ってくれた。

胸の中が何かで満たされたような気持ちになりながら、パトリツィアはふふっと笑みを零したのだった。

＊＊＊

それから数日後。

いつものように昼休みのひとときをカフェのバルコニー席で過ごしていたパトリツィアは、庭園を歩くシェイラをうっとりと眺めていた。

だがその行く先には、またもアルドにべったりと張りついたレジーの姿が。

遠目からでもわかるほどに表情を強《こわ》ばらせるシェイラに、パトリツィアはふう、と溜息を零す。

そろそろ潮時かもしれない。

そんな予感にパトリツィアが表情を曇らせた瞬間、甲高い声が彼女の耳に届いた。

「あら……」

なんとレジーがシェイラに向かってなにやら叫びだしたのだ。

（こんなところまで聞こえる声で叫ぶなんて）

アルドはどうにかしてレジーを宥めようとしているようだが、ますますヒートアップしているのが伝わってくる。

いつも凛々《りり》しく伸びているシェイラの背中がわずかに丸まったのを見て、パトリツィアは勢いよく立ち上がった。

「ロルフ。行きますわよ」

「今からですか……」

「ええ。もう限界ですわ」

颯爽《さっそう》と歩き出すパトリツィアに、少々嫌そうな顔をしながらもロルフは当然のように付き従う。

庭園に下りた時には、アルドやシェイラを取り囲むように沢山の生徒たちが集まってきていた。

「シェイラ様は酷いです。私が庶民の出だからって差別して。殿下まで独り占めして！」

「なんのことだかわかりませんわ」

いつも凛とした表情を浮かべているシェイラは、わずかに眉尻《まゆじり》を下げ困惑しきった声を上げていた。

「嘘を言わないでください。私のこと、嫌いなんでしょう！　ついこの間だって、私を呼び出して殿下と距離を取るようにって叱《しか》りつけたじゃない！」

「何の話ですか」

「しらばっくれないで！　それだけじゃないわ、周りの生徒を使って私を虐《いじ》めるように指示したんでしょう！　私の持ち物を盗んだり壊したり……酷いわっ！」

　まさに修羅場。

　レジーはハンカチで顔を覆いながらすすり泣いているし、その隣に立つアルドは、レジーとシェイラを交互に見比べている。

「本当なのか、シェイラ？」

「殿下まで、私をそんな女だとお思いなのですか？」

　シェイラはレジーに追及された上、アルドにまで疑いの視線を向けられたことで、くしゃりと顔を歪《ゆが》めている。

　その目元には真珠のような涙の粒が溜まっているのが見えた。

「……！」

　パトリツィアはその輝きに息を呑む。

　シェイラにはきっと真珠が似合うだろうとずっと想像してきた。清廉《せいれん》な美しさを称《たた》えるには、輝く宝石よりも艶やかな真珠こそがふさわしいと。

（美しいけど、これは違う）

パトリツィアが見たいのは、嬉しさで涙を流すシェイラだ。

「少しよろしいでしょうか」

気がついた時には凛と声を張り上げていた。

周囲の視線が一斉にパトリツィアに向く。横にいるロルフが掌で顔を覆った気がしたが、今は無視だ。

人垣がさっと左右に分かれたのを確認して、パトリツィアはゆっくりと三人の方へと近寄っていった。

困惑の視線を向けられ、パトリツィアはにっこりと微笑む。

「ごきげんよう、皆さま」

「ごきげんよう……」

「ああ」

「……」

多少なりとも面識のあるシェイラとアルドは驚きながらも挨拶《あいさつ》を返したが、レジーはじっとりとした目線を向けてくるばかりで会釈《えしゃく》すら返してこない。

(私が誰かわからない、といったところでしょうね)

レジーとは学年も違うし、授業でも一緒になったことは一度もない。この学園は広いこともあり、顔を合わせずに終わる生徒だっていくらでもいることだろう。

「あなた、誰ですか」

しっかりと両足を地に着けたままハッキリと問いかけてくる度胸に、少しだけ感心してしまう。

（近くで見たのは初めてだけれど、本当にお可愛らしい方ね）

ふわふわとした栗色の髪に、こぼれ落ちそうな大きな瞳。小動物のようなあどけなさのある顔立ちと、小柄で女性らしい体つき。もし自分が男性ならば傍に侍らしたいと思うくらいには整っている。

（ベル伯爵とは似ても似つかないということは、母親に似たのね）

夜会で数回顔を合わせたことがあるベル伯爵は、どちらかといえば両目の離れた平たい顔をしていた。

愛嬌《あいきよう》があると言えばそれまでだが、お世辞《せじ》にも美男子とは呼べないだろう。

あの顔を父親に持ちながらここまで整っているということは、メイドをしていたというレジーの母親はよほど可愛い女性だったのだろうと察せられた。

メイドが主のお手つきになるのは珍しい話ではないが、子どもまで産ませたのならば、ベル伯爵の行いはただの気まぐれではなかったのかもしれない。

「私はパトリツィア・レッジと申します。少しお時間をよろしいかしら」

恭しく淑女《しゆくじよ》の礼をすれば、レジーがわずかに怯《ひる》んだのが見えた。

「レッジ……」

顔は知らずとも名前は聞いたことがあるのだろう。あからさまな敵意を滲《にじ》ませていた瞳から、少しだけ鋭さが消える。

しかし、シェイラに向けた矛《ほこ》を収めるまでには至らなかったらしい。

「たかが男爵家《だんしやくけ》のご令嬢が何の用ですか。私は殿下とシェイラさんと話をしているんです。部外者は黙っていてください！」

周囲から悲鳴が上がる。

確かにレッジ家の爵位は男爵と、貴族の中で最下位。

方や、ベル家は伯爵家。形式通りの順列ならば、レジーの方が高位と言えよう。

しかし、レッジ家は国内で最も勢いがあり、裏ではすべての権力を牛耳っているとさえ噂されている家門だ。

そのレッジ家を『たかが男爵家』と呼び捨てたレジーの行いは、周囲の生徒からすれば信じられないものだった。

レジーの横に立つアルドは、目を見開いて固まっている。

シェイラもまた、口元を押さえてレジーに唖然《あぜん》とした視線を向けていた。

当の本人は自分がしたことの恐ろしさに気が付いていないのか、鼻息も荒くパトリツィアを睨み付けている。

「……」

ロルフが無言で一歩前に出るが、パトリツィアはそれを手で制する。

「お気持ちはわかります。突然しゃしゃり出てきて、お邪魔ですわよね」

「そうよ！」

「ですが私も皆さまにお話がありますの」

「だからっ……」

話が通じないことに苛立ったらしいレジーが、足を踏みならした。

その表情には明らかな焦りが滲んでいる。

「部外者は、黙っててよ！」

パトリツィアを追い払うようにレジーは腕を振るった。まるで駄々《だだ》を捏《こ》ねる子どもだ。

「レジー、落ち着いてくれ。彼女は男爵家とはいえ、レッジ家の人間だ。決して君が侮《あなど》っていい相手ではない」

（あら）

意外なことにレジーを真っ先に宥めたのはアルドだった。

興奮冷めやらぬレジーの背中を撫で、パトリツィアに詫《わ》びめいた目線を向ける。

同時にアルドの目線が、もう一方へと探るように向けられたことに気が付き、パトリツィアは短く息を吐いた。

「殿下。お邪魔をしてしまい申し訳ないのですが、少しだけ私の話を聞いていただけますか？」

「……それは、レッジ家として王家への頼みかな」

「いいえ。私からの個人的なお願いです」

パトリツィアの言葉に、アルドは少し迷ったように眉を寄せる。てっきりパトリツィアがレッジ家の権力を振りかざすと考えていたのだろう。

数秒の沈黙ののち、アルドは小さく頷いた。

「聞こう」

「アルド様！」

「レジー。少し黙っていてくれ」

「っ……」

悔しげに唇を噛みながらレジーがパトリツィアを睨み付けた。

だが、その視線に気が付いたロルフが無言で腰の剣に手を掛けたため、レジーはひっと短い悲鳴を上げてしまう。

「ロルフ。ご令嬢を威嚇《いかく》してはダメよ」

「申し訳ありません。つい」

「な、なによ！　力でどうにかしようって言うの！　あなたも、シェイラ様の仲間なのね！」

「違います」

「は？」

「私は、シェイラ様のただのファンです」

周囲の空気が一瞬止まったような気がする。

隣にいたロルフが酷く長い溜息を吐《つ》いたが、気にしている場合ではないだろう。

「……えっ⁉　私？」

真っ先に声を上げたのはシェイラだ。いつも凛々しい目をまんまるにして、パトリツィアを見つめている。

その顔の可愛らしさに、思わず胸がきゅんとするが今はそれどころではない。

「はい。私、ずっとシェイラ様をお慕《した》いしておりましたの。あ、決して不純なものではありませんわよ。美しく咲いた花を愛でるが如《ごと》く、シェイラ様を崇拝《すうはい》しておりますの」

嘘も偽りもない自分も気持ちをハッキリと告げながら、パトリツィアは自慢げに胸を反らす。

「シェイラ様の美しさは、朝露《あさつゆ》に濡れる白百合《しらゆり》のような気品と気高さと色気に溢れております。ひと目そのお姿を見るだけで、私の胸は高鳴り活力が湧いてくるのです」

「えっ、えっ」

「困り果てたお声まで可愛らしい。本当に美しい方ですわ、シェイラ様」

「あ、ありがとう、ございます……？」

「いえいえ。私こそ、いつも本当に感謝しておりますのよ。シェイラ様の存在は、私の潤いですから。あなた様のような美しい御方をお近くで鑑賞できる機会を得られた奇跡は何にも代えがたいですわ」

「～～～～～～！」

首筋まで真っ赤に染め、声にならない悲鳴を上げて両手で頬を覆ってしまったシェイラを、パトリツィアはうっとりとした顔で見つめる。

「本当に可愛らしい。だからこそ、私はこれ以上シェイラ様が悲しむのを見たくないんです」

シェイラから視線を外したパトリツィアは、レジーへと視線を向ける。

真っ直ぐに見つめ合った瞬間、レジーはなにかに怯えたように一歩後ろへと下がった。

「レジー様。シェイラ様に虐められているなんて、真っ赤な嘘ですわね」

「どうしてそんなことがわかるのよ」

「見ていたからです」

「……は？」

「ここ数日、私はシェイラ様が学園でどのように過ごされているか観察しておりましたの。さすがに学年が違いますので四六時中というわけではありませんでしたが、登下校時や休憩時間のシェイラ様の行動についてはハッキリとこの目で確かめております」

「ひっ！」

悲鳴を上げたのはレジーではなくシェイラだ。

しかしパトリツィアは止まらない。

「お二人が顔を合わせるのは、この庭園に限ってのこと。レジー様が先ほどおっしゃったような接触は一切なかったとレッジ家の名誉にかけて証明できますわ」

「なっ……」

レジーの顔色は真っ青だ。

「本当なのか、レジー」

アルドの問いかけに、レジーは慌てて首を振る。

「うそ、じゃないです！　私は、他の生徒から虐《いじ》めだって」

「多少、冷たい態度を取られていたのは事実かもしれませんが、虐めと呼ぶほどの言動はなかったと確認は取れております。また個人の所有物に関する被害は一切ないはずですわよ。この学園で使う教科書や基本的な筆記具は学園から支給されております。もし、紛失や破損があれば学園が補充することになっております。ですが、レジー様はそんな届け出をされてはいませんよね」

「……！」

とうとう言葉を失ったレジーはその場にへなへなと座り込んでしまう。

「レジー様。確かにシェイラ様はあなたの言動に心を痛めておいでした。ですが、シェイラ様は素晴らしい淑女だからこそ、決してあなたを責めなかった。お優しく、聡明で、誰よりもお美しい……まさに未来の王妃にふさわしい御方なのです」

「そうだろう」

何故かそこで、アルドが同意を示した。

周囲の生徒やシェイラが、えっ、と表情を変えるが、アルドは気が付いていないのか、腕を組んで満足げに頷いている。

パトリツィアはそんなアルドに鋭い視線を向けた。

「殿下」

「なっ、なんだ……」

鋭い呼びかけに、アルドは組んでいた腕を解き、姿勢を正す。

慌てて表情を取り繕っているが、先ほど垣間《かいま》見《み》せた本心のせいで瞳が泳いでいるのが丸わかりだ。

「いくらシェイラ様が嫉妬する姿が見たいからとはいえ、レジー様と仲良くするなんて酷すぎますわ」

「なっ……！」

「えっ……⁉」

アルドの顔が一瞬で真っ赤に染まる。

地面にへたり込んでいたレジーが弾かれたように顔を上げ、シェイラは口元を押さえながら信じられないというように瞳を揺らしていた。

「君、は、なにを……」

「私、すぐに気が付きましたの。シェイラ様を遠くから見つめる同志がいること。それはアルド殿下、あなたです」

「うっ……！　何を、根拠に」

「私がシェイラ様を見守るために行く先々には必ず殿下がおられました。そんな目立つ姿でうろうろしてバレないと思う方がどうかしてますわ。まあ、シェイラ様は本当に美しいので見守ってしまう気持ちはわかりますけれど」

しみじみと頷くパトリツィアに、アルドは顔を赤くしたり青くしたりしながら「ああ」とか「うう」とか情けない声を上げている。美形が台なしである。

「こうやって一緒の空間にいる時も常にシェイラ様を見ておられるではありませんか。見ればすぐにわかりますわ。殿下は、シェイラ様しか見ていらっしゃらないのね。でも、だからといってやっていいことと悪いことがございますわ、殿下」

「くっ……」

アルドはとうとうがくりと項垂れてしまった。

「まったく、本当に困った御方ですこと」

「あの……パトリツィア様、いったいどういうことでしょうか？」

理解できないという顔で話しかけてきたのはシェイラだ。

「まあ、シェイラ様！　お声を掛けていただけるなんて光栄ですわ」

パトリツィアはシェイラから話しかけられた喜びに頬を染めながら「それはですね」ともったいぶった口調で語りはじめる。

「シェイラ様は妃教育の影響で感情を表に出すのが苦手でいらっしゃいますよね」

「……それは」

「隠されなくても結構です。存じておりますから」

シェイラは未来の王妃となるべく、様々な教育を施《ほどこ》されている。

政治にも深く関わっていくことを考慮して、感情を表に出さない訓練も施されていた。

幼い頃からの訓練は身体に染みつき、いつしかそれが普通になってしまっていたのだろう。

「態度は取《と》り繕《つくろ》えても、心はそうはいきません。シェイラ様は本当は素直な御方。だからこそ、殿下はレジー様を利用なさったのです」

「利用……？」

「ミス・レッジ！　これ以上はやめてくれ！」

「いいえやめません。シェイラ様、殿下は嫉妬してほしくてレジー様をお傍に置いてらっしゃったのですよ」

ひゅうっと一陣の風が全員の髪を揺らした。

「嫉妬？」

「ぐうう」

シェイラは首を傾げ、アルドは情けない声を上げながら俯いた。

「えっと……それは、どういうことでしょうか」

どこを見ていいのかわからないのだろう。

シェイラは視線を彷徨わせながら、おずおずと問いかけてくる。

「ご自分ではお気づきではないかもしれませんが、レジー様と過ごす殿下を見るシェイラ様は、本当に可愛いのです」

「えっ!?」

「瞳を切なげに揺らし、感情を表に出すまいと必死に耐えてらっしゃる。尊《とうと》いですわ。愛らしいですわ」

「えっ？　えっ？」

「本当にアルド殿下を想ってらっしゃるのだなと伝わって参ります。本当はいけないことだとはわかっているのです。苦しむシェイラ様のお姿に喜びを感じてしまうなんて……でも、推《お》しの苦しむ姿からしか得られぬものもあるのも事実で……」

「お嬢様、話が逸《そ》れています」

「はっ！　ありがとうロルフ」

「いえ、慣れておりますから」

ロルフの冷静なサポートにより理性を取り戻したパトリツィアは、こほんと咳払《せきばら》いを一つして表情を改める。

「アルド殿下はいつも冷静なシェイラ様が表情を崩される瞬間に味を占められたのでしょう。それゆえ、レジー様を完全に排除する勇気がなかったのですわね」

「う……」

パトリツィアの指摘に、アルドは俯いたまま短く呻《うめ》く。

その場にいる全員の視線が自分に集まっていることをわかっているのだろう。

首筋を赤く染め、唇を噛みしめている。貴公子然《きこうしぜん》とした美しさが台なしである。

「殿下？」

恐る恐るというようにシェイラが呼びかければ、アルドがびくりと身体を震わせた。

ゆるゆると顔を上げたアルドは、眉尻を下げ、情けなく口元を歪めている。

「その通りだ……」

「殿下⁉」

「すまないシェイラ。謝って許されることじゃないのはわかっている。だが君はいつでも完璧で……俺のことなどどうでもいいのかと」

声を震わせながら語るアルドは、もはや王子ではなくただの一人の恋する青年だった。

「俺は、出会ったその日からずっとシェイラに夢中だった。君は、綺麗で可愛くて、賢くて。初めて見た時、天使かと思ったほどだ。ずっと仲良くなりたくてたまらなかった。普通の恋人のように、君と手を繋ぎたかったんだ。でも、どうしていいかわからなかったんだ」

愛しさを隠さぬ言葉と真っ直ぐにシェイラを見つめる視線に、偽りは感じない。

「私、知らなかった……」

「俺は、本当の自分を知られるのが怖かったんだ。こんなあさましい気持ちを抱いていると知ったら、君に嫌がられるんじゃないかって」

「そんなこと」

「学園に入ってからは余計に生徒の模範になるように自分を律していた。シェイラがますます美しく完璧になっていくのが誇らしくて、同時にすごく怖かった。君に、ふさわしい男になりたかったんだ」

そこで言葉を句切ったアルドが、シェイラに近づく。

「でも、俺が努力しても君はその先に行ってしまう。いつ俺を見限るのか、怖くてたまらなかった。それに君はいつでも冷静で……不安でたまらなかったんだ。でも、レジーを傍に置くようになったら、君が表情を変えてくれた」

うわぁ。

野次馬《やじうま》の誰かがそんな声を上げた。

情けない男の独白に場の空気がしらけはじめる。これでは百年の恋も冷めるのではないか。そんな雰囲気になりかけた。だが。

「嬉しい……」

感極まった呟きを零《こぼ》したのは他の誰でもない、シェイラだった。

頬を赤らめ、瞳を輝かせ、両手を握り合わせてアルドをうっとりと見つめている。

熱の籠もった視線を受けたアルドは、信じられないとでも言うように何度も目を瞬たかせた。

「シェイラ?」

「私も、私も殿下をずっとお慕《した》いしておりました。でも最近はレジー様といつもご一緒で。私はどう頑張ってもあのような振る舞いはできないので、悔しくて。こんなみっともない嫉妬を抱いてしまう私は殿下にふさわしくないんじゃないかって不安で」

「シェイラ‼」

恥ずかしそうに告白するシェイラの姿に、アルドは感極まったように叫び、その傍に駆け寄った。

　おずおずと手を繋ぎ合わせ見つめ合う二人の周りには、花が咲き乱れ、小鳥がさえずり、祝福の鐘が鳴り響いている、かのように見える。

「尊いですわ！　素晴らしいですわ！」

「よかったですね、お嬢様」

　パトリツィアは歓喜《かんき》の悲鳴を上げ、傍に控《ひか》えているロルフもその姿に満足げに頷いている。

　周囲の生徒たちも、収まるところに収まった二人の姿に、控えめな拍手を送る。

　これですべてが大団円、かに思われたその時だった。

「何よそれ！　私、とんだ当て馬じゃない」

　瞳に涙をいっぱいにためたレジーが、悲痛な叫びを上げた。

　地面に座り込んだままだった彼女を引き起こすものは誰もいない。

「殿下、酷いです。私を、弄《もてあそ》んだのですか」

「すまないレジー。だが、俺は君を女性として扱ったことは一度もないはずだ。慣れない学園生活を、手助けしたに過ぎない。君と私の関係が潔白なのは、俺の護衛や、学園の警護兵も証言してくれるだろう」

王子であるアルドには近衛騎士が常に同行している。

なおかつ、学園には巡回の警護兵もいる。

特にこの庭園には常に兵士が常駐《じょうちゅう》し、生徒たちを見守っているのだ。ここで起こったことは、しっかりと記録に残されている。

「そん、な」

「俺は今も昔もこれからも、シェイラ一筋だ」

アルドはちゃっかりシェイラの腰を抱いて、その傍を離れる気配はない。

「ひ、卑怯《ひきょう》です！　私の気持ちを知って、利用したくせに！」

「……それに関しては反論のしようがない。シェイラを悲しませ、君に期待を抱かせたのは俺の罪だ。謗《そし》りは甘んじて受け入れよう」

「なら」

「しかし、だ。君がシェイラを貶めようとしたのもまた事実」

ひっ、とレジーが喉を鳴らす。

アルドの表情は冷え冷えとしていて、先ほどシェイラに愛を説いた人間と同一人物とは思えない鋭さがあった。

「シェイラは未来の王妃。王族といっても過言ではない。君のしたことは、反逆にも等しい行為だ。しかし、その原因を作ったのは俺。君を咎めるつもりはない。だから、もうこれで終わりにしよう」

「っ……」

「君が今後、この学園で問題なく学べるように尽力《じんりょく》すると約束もする。だから」

「それじゃだめなの！」

アルドの言葉を遮り、レジーが悲鳴を上げた。

座り込んだまま、握り絞めた小さな拳で地面を叩く姿は痛々しい。

誰もがそれを恋に破れた少女の悲痛な姿だと思っていることだろう。

「わ、私が、なんのためにここにいると……」

「ご家族を守るため、でしょう」

「えっ⁉」

レジーが弾かれたように顔を上げた。

パトリツィアはそんなレジーに近づき、痛ましげな笑みを浮かべた。

「私、どうしても気になって調べましたの。どうしてレジー様がこの学園に入学され、あそこまで殿下に近づかれたのか」

「あなた、なにを……」

レジーの表情には、明らかな怯えが交じっていた。キョロキョロと周りを見回し、身体を震わせる姿は、追い詰められた小動物にしか見えない。

「どういうことだ」

「レジー様？」

アルドとシェイラも異変を察知したのだろう。まるでレジーを守るかのように傍に近寄ってくる。

取り囲まれるような状態になったレジーは、ますます青ざめ、今にも気を失いそうだ。

「わ、私」

「レジー様はご家族を……お母様と義理のお父様、そしてご兄弟を人質に取られてらっしゃるのでしょう？」

「なんで……」

ぼろり、とレジーの大きな目から涙が零れた。

アルドとシェイラもまた、息を呑んでパトリツィアを見ている。

「レジー様の行動にはどこか違和感がありましたもの。殿下をお慕いしているにしては、態度がぎこちないですし、この庭園以外では積極的に接触を図っている様子もない」

「そういえば……」

思い当たる節《ふし》があるのだろう。アルドがレジーに困惑しきった視線を向ける。

「なおかつ、学生寮には入らず毎日馬車で郊外から通学。何かあると思うのが自然ですわ」

「あ、あ……」

「ベル家の別荘について調べました。あの厳重な警備はレジー様を守るためではなく、逃がさないためのもの。お辛かったでしょう」

「う……うわぁああん」

　レジーはその場にうずくまり、子どものように泣き出した。

「ごめんなさい、ごめんなさい……わた、私……」

「よいのです。あなたはまだたったの十六歳。家族を囚《とら》われて、逆らえるわけがないのですから」

「うわぁぁあ……」

　泣きじゃくるレジーの背中をパトリツィアが優しく撫《な》でている。

　聞いているものすべてが胸を引き裂かれそうな声音に、シェイラまでもが泣きそうに眉を下げていた。

「説明してくれ、ミス・レッジ」

　アルドの問いかけに頷いたパトリツィアは、レジーを支えながら立ち上がらせる。

「ええ、実はレジー様は……」

「このガキが！」

「なっ⁉」

「キャァァァ」

生徒たちから悲鳴が上がる。先ほどまで何食わぬ顔をして立っていた警護兵の男が一人、剣を構えてパトリツィアたちに向かってきたのだ。

王家の護衛は咄嗟《とっさ》にアルドとシェイラを庇う。

しかし男が目指しているのは、二人ではなかった。

その切っ先が真っ直ぐに狙うのは、パトリツィアとその腕に抱かれたレジーだ。

「この裏切り者が！」

「キャァァァ！」

レジーの悲鳴が響き渡った。

振り下ろされた切っ先が、パトリツィアの顔面に迫る。

「ガッ……！」

鈍い金属音と共に、男の身体が後方へと吹き飛んだ。

パトリツィアを守るように立ちはだかるのは、抜刀《ばっとう》したロルフだ。

ロルフは男の振り下ろした剣を弾くと同時に、その腹を蹴り上げたのだ。

「お嬢様、ご無事ですか」

「ええ、平気よ」

レジーを抱きしめるパトリツィアは、顔色一つ変えず微笑む。

「か、確保ぉ！」

ようやく我に返ったらしい他の警護兵たちが一斉に倒れた男を拘束する。しかし、男はロルフに腹を蹴られた衝撃からか、白目を剝き口の端からだらりと涎《よだれ》を垂らしている。息はあるようだが、しばらく意識は戻りそうにない。

「やりすぎではなくて？」

「お嬢様に剣を向けたのです。命があるだけでも感謝してほしいくらいだ」

「あらまぁ」

困った護衛だこと、とパトリツィアは苦笑いを浮かべる。

「これは何ごとだ」

動揺しきった声を上げつつも、アルドはその腕にはしっかりとシェイラを抱きしめていた。シェイラもまた、アルドにしっかりとしがみついている。

「レジー、君はいったい……」

「殿下、説明は私が。ですが、ここでは何ですから場所を変えませんこと？」

にこりと優雅に微笑んだパトリツィアに、アルドはひくり、と口元を引きつらせたのだった。

パトリツィアが彼らを引き連れ移動したのは、カフェテリアのバルコニー席だ。

一つのテーブルを、パトリツィア、レジー、アルド、シェイラで取り囲むようにして座っている。

なお、ロルフはいつもの如《ごと》くパトリツィアのすぐ後ろに控えている。

「レジー様。今から私が独自に調べて知り得たことと、少しの予想を交えて殿下たちにお話をいたします。もし違っているところがあれば、遠慮なくおっしゃってくださいね」

「は、はい……」

借りてきた猫のように小さくなっているレジーの目元は真っ赤だ。

「はじまりは、ベル伯爵が新しい事業を始めたことでしょう。ベル伯爵はソリティオから輸入した安価で良質な薬草で暴利を貪《むさぼ》った」

「それについては王家が指導し、すでに正常化したはずだが」

「ええ。ですがベル伯爵はそれで満足なさらなかったのでしょうね。一度に沢山の利益が舞い込む快楽を知ってしまった伯爵は、道を踏み外してしまった」

びくり、とレジーの肩が震える。

「ベル伯爵は、依存性のある薬物を国内で製造している可能性があります」

「なっ……！」

アルドとシェイラの顔色が変わる。レジーは首が折れそうなほど俯いてしまった。

「レジー様がお住まいの別荘付近では、数ヶ月前から付近の動物たちが異常な行動を見せるようになったと多数の報告が上がっております。先日、私も犬に襲われそうになったのです。その犬を連れ帰ったところ、凶暴性を促進させるような成分のある果実を食べていたことがわかりました」

あの集落でパトリツィアたちに襲いかかった犬は、今では正気を取り戻し、レッジ家の広大な庭を駆け回っている。

「実験に使われたのか、偶然かはわかりません。その樹木が自生《じせい》しているのは、ベル家のご令嬢が嫁《とつ》いだソリティオの一部地域だけ。ソリティオでは特別な儀式《ぎしき》にその果実を使うそうで、安全を確保した上でほんの少しだけ育成しているそうなのです」

「そんな……だが、それだけでベル家を疑うのは弱いのではないだろうか」

「私もそう思いました。ですから徹底的に調べてみたのです。手始めに、あの一帯の土地をまるごと買い上げました」

「…………は？」

ロルフを除く全員が動きを止めた。

「ベル家の別荘はさすがに買えませんでしたが、道を除く周辺の購入可能な土地については私が個人的にすべて購入しております。丁度近くに、私がもっていた牧場がありましたので規模拡大という名目で」

「ま、待ってくれ。土地を、買ったと？　調査のために？」

「ええ。他人の土地を勝手に調べるわけにはいきませんでしょう？　でしたら自分のモノにするのが最適解ですわ」

アルドの口元が、再びヒクリと引きつった。シェイラに至っては、零れんばかりに目を見開いている。

レジーもいつの間にか顔を上げ、パトリツィアを凝視していた。

「調査は土地勘のある人材が必要でしたので、近くの集落に住む住民を雇《やと》いましたの。彼らはとても勤勉に働いてくださいましたわ」

あの集落に住む大人たちは、ほぼ全員がベル家の使用人だった。任されているのは清掃や料理など単調な仕事ではあったが、ろくな休日もないうえにかなり安い給金で雇われていたこともわかった。

パトリツィアはベル家が彼らに支払っている給金の三倍を提示し、全員を引きぬいた。

「別荘の裏手で、実を付けた樹木を発見しました。故意ではなくアクシデントによる流出でしょうね。鳥が実を食べたか、生ゴミから芽が出たか……自生した実を食べた野生動物たちの凶暴化も確認されました」

「なんと……」

「ベル家に勤務していた者から、屋敷の中で同じような樹木が多数栽培《さいばい》されていた、という証言も得ております」

「つまり、ベル家はその果実を使った薬を製造しているというのだな」

「間違いないかと。そしてその製造をしているのは……レジー様、あなたを育ててくださったお父様ですわね」

「………はい」

今にも泣き出しそうに顔を歪め、レジーは頷いた。

「あなたのご家族について調べましたわ。昨年、あなたのお父様が作られた薬を飲まれた方が一人お亡くなりになられてますわね？　そのせいで訴えられ、あなた方ご家族はかなりの負債を抱えられたのでしょう。そして、ベル伯爵がその借金を肩代わりした。違いますか？」

「その、通りです」

レジーの瞳から新しい涙が溢れた。

「父さんの薬が、人を殺すわけなんてないのに、警察も、相手の家族も信じてくれませんでした。賠償金を支払わないと、薬師としての資格を剥奪《はくだつ》すると言われ、借金をすることに……でも、あっという間に利子《りし》が膨《ふく》らんで……お店も手放さないといけなくなって……」

「そこにベル伯爵が現れたのですね」

「はい。伯爵は、私を養女にすることと引き換えに借金を肩代わりしてくださると。それと、父さんにも新しい仕事を与えてくださると。母さんも父さんも、反対しました。でも、私は、家族に苦しんでほしくなくて……」

ほろほろと涙を流しながら語るレジーは、家族を思う優しい女の子でしかなかった。

「伯爵は、父さんに奇妙な薬を製造するように命じられました。父さんは断っていたのですが、母さんと兄弟を人質に取られて逆らえなくて」

のどを詰まらせながらの告白に、シェイラやアルドが痛ましげに顔を歪める。

「私には……アルド殿下を誘惑、しろと。か、母さんに似た私なら、できるはずだって……ほんとは、ほんとは嫌だったのに……私も、シェイラ様が好き、だったから……ごめんなさい……ごめんなさいシェイラ様」

「つまり伯爵は、レジー様のお父様に薬物の製造を、レジー様には殿下の籠絡《ろうらく》を命じていたのです。それぞれを人質にして」

「なんてひどいことを。家族を思う気持ちを利用するなんて」

「ええ。その通りですわ」

「待ってくれ。薬についてはわかるが、何故、この俺を誘惑する必要が？」

理由がわからないと首を傾げるアルドに、パトリツィアは溜息を零す。

「殿下が中心となって進めておられる薬物規制をどうにかして止めたかったのでしょう

ね。殿下を誘惑して法律の制定を止めさせるか、殿下に近づいて薬を盛って操るつもりかの、どちらでしょう」

「どこまで悪辣《あくらつ》な！　ベル伯爵は、人の道を外れたか」

「ええ、本当に。先ほど取り押さえた男はベル家がレジー様に付けていた見張りでしょう。真実を殿下たちに暴露《ばくろ》されないように、監視していたのかと」

「そんな……じゃあ、レジー様はずっと……？」

シェイラから受け取ったハンカチに顔を埋めていたレジーは、悲鳴じみた泣き声を上げる。

「ずっと、見張られてて……どうしよう、父さんたちに何かあったら……私のせいで、みんなが……」

「ご安心を。すでに手は打っております」

「え……」

しゃくり上げながらレジーが涙で濡れた顔を上げた。

「ねぇロルフ」

「はい。我が家の騎士をベル家の別荘に向かわせました。すでに制圧済みで、レジー様のご家族は保護しております。今、こちらに向かっているかと」

「……!!」

「レジー様のお父様が不当に背負わされた借金に関しても、すでに精算済みですのでご安心を。元々、事件そのものがでっち上げのようでしたから。汚職を働いた警察官についても通報済みです」

「じゃあ……」

「ええ。レジー様はもう自由です」

パトリツィアの言葉に、レジーがぶわりと再び涙を溢れさせた。

「う、うわぁぁぁん……あ、ありがと、ありがとう、ございます……ごめんなさい、ごめんなさぃぃ……」

「そんなに泣かないでレジー様。あなたは何も悪くないのですから」

「シェイラ様、わた、私」

「そうだ。悪いのはベル伯爵だ。俺がもっとしっかりしていれば見抜けただろうに。すまない」

レジーにハンカチを差し出しながら、シェイラがその背中を撫でる。アルドも二人を守るようにその傍に寄り添い、優しい声をかけていた。

泣きじゃくるレジーを慰めるアルドとシェイラの姿に、パトリツィアは感動したように胸を押さえる。

三者三様の美しさはもはやこの世の楽園か。

「尊い、ですわ」

目の前の光景の美しさに見とれ、パトリツィアはふうふうと呼吸を荒らげる。それを察したロルフがそっとハンカチを差し出してくれた。

レジーをシェイラにまかせたアルドが、パトリツィアに向き直った。

「ミス・レッジ。君にはなんと感謝したらいいのかわからない」

「いえ、殿下。私がやりたくてやっていることですから」

「だが、君にはずいぶんと負担を強《し》いてしまった。土地の購入に調査費用まで……ぜひ、王家として補塡《ほてん》させてほしい」

「お気になさらないでください」

「しかし本来王家が立ち向かうべき案件だった。いくらかかったのか、教えてくれ」

「ええっと……ロルフ、いくらだったかしら」

「総額で五億ベルほどだったかと」

「だそうですわ殿下。どうぞお気になさらないでください。たった五億ぽっちなのですから。それでシェイラ様の笑顔が見られたなら安いものですわ！」

「ご、五億、ぽっち」

アルドの表情は蒼白《そうはく》だ。泣きじゃくっていたはずのレジーですら涙を止めているし、シェイラも表情を凍り付かせている。

当のパトリツィアは平然とした顔で小首を傾《かし》げていた。

「そうだわ！　もしお礼をお望みでしたら、どうぞ私にシェイラ様のドレスや装飾品を揃える権利をください。ご卒業されたらすぐに結婚なさるのでしょう？　私、シェイラ様を最高の花嫁にしてさしあげたいんです」

「あ、ああ、も、もちろんだ。予算は俺が出すので、君の望むままに揃えてくれれば」

さすが王族というべき早さで我に返ったアルドが、仕切り直しとばかりに表情を引き締めた。

「いえ、代金は結構です。献上《けんじょう》させてください。推しに貢《みつ》ぐのが私の喜びなのですから、楽しみを奪わないでくださいませ」

「は……？」

わけがわからないという顔をしているアルドを無視して、パトリツィアはシェイラに笑顔を向けた。

「立場もわきまえず騒ぎを起こしてしまったこと、大変申し訳ありません。お詫びと言ってはなんですが、私、シェイラ様を最高の花嫁に仕上げてみせますわ。大船に乗ったつもりで待っていてくださいませ」

「え、ええ」

多少目は泳いでいたが、シェイラはなんとか頷いている。

「シェイラ様を見ていると創作意欲が湧きますの。素晴らしいドレスを作りますから楽しみにしていてくださいね」

「え、ええ」

「善は急げですわ！　行きますわよロルフ」

「はい、お嬢様」

パトリツィアが立ち上がる動きに合わせ、ロルフは静かに椅子《いす》を引く。

「それでは皆さまごきげんよう」

指先まで優雅な淑女の礼をして、パトリツィアはアルドたちに背を向けた。まるで踊るかのような軽い足音だけがその場に鳴り響き、ロルフはその後ろに足音を立てずに付き従う。

「ふふ。これで言質《げんち》は取れましたわ。シェイラ様のドレスを仕立てるのが楽しみですわ」

「あまり張り切りすぎないようにお願いします。お嬢様が本気になりすぎると、周りが大変なので」

「まあ酷い」

「あの地区の後処理についても、ご指示通り進めております。ベル家の別荘は調査のあと売りに出されるでしょうから、レッジ家で優先的に買い取れるように話はつけておきました。その後、整備をしてハンスの牧場を拡張。あの集落の住民はすべて牧場の従業員として雇い入れることが決まりました」

「順調ね。これであの子たちも大丈夫ね」

「そうですね」

小さな身体で自分を守ろうとしてくれ少年の姿を思い出すと、自然と頬が緩んでしまう。

きっとあの子は立派な人間に存在するだろう。それこそ、パトリツィアが全力で推したくなるほどに。

「お嬢様はお人好しが過ぎます。あの集落まで抱え込む必要はなかったのでは？」

「そんなことはないわ。私は、私が使いたいようにお金を使っているだけだもの。それで誰かが笑ってくれるなら、私は幸せなのよ」

立ち止まったパトリツィアは、ロルフに振り返ると満面の笑みを浮かべた。

パトリツィアは輝くものをさらに輝かせることが大好きなのだ。

せっかくあるお金を好きなことに使わないなんてもったいない。

お金はまた稼げばいい。

愛したいものを自由に愛せる時間は有限なのだから。

ロルフは一瞬だけ目を丸くすると、いつものように軽く肩をすくめた。

「……お嬢様はいつもそうですね」

「ふふ。それが私だもの」

にこりと笑みを向ければ、ロルフがわずかに口の端を吊り上げる。

「そんな貴方だから俺はいつも困るんです」

パトリツィアは首をかしげた。

「困るの？」

「ええ困ります」

困ると言いながらもロルフの表情はどこか楽しげだ。

「ですが、それでこそお嬢様だとわかっています。何をしてもけっこうですが、どうか俺の傍でだけにしてくださいね」

いつも涼やかな目元が、ほんの少し緩んだ気がした。

「あ……」

なにかが口から零れそうになった。

でも、それが何なのかわからず、喉がわずかに引《ひ》き攣《つ》れる。

「屋敷に戻られますか？　それとも、行きつけの工房でしょうか？」

冷静な問いかけに、パトリツィアは我に返る。

先ほど見えた表情は瞬きする間に消えてしまった。

「さすがねロルフ。今回もあなたの働きは完璧よ。今度こそ特別手当を受け取ってちょうだいね」

「お断りします。俺はレッジ家に雇われの身ですから、お嬢様から手当を受け取ることはできません」

いつものごとくつれないロルフの答えに、パトリツィアは唇を尖らせる。

歩みを緩めぬままにちらりと後ろに視線を向けるが、ロルフはいつもの冷静な表情のままだ。

（本当にずっと変わらない）

出会ったあの日から、ロルフはいつだってパトリツィアにとって最高の護衛で、友人なのだろう。

でも、もう少しだけ強い繋がりが欲しいと思うのは欲張りだろうか。

「少しくらい貢がせてくれたっていいじゃない」

「何か言いました？」

「……早く、お金を使いたいって言ったの」

「多少は加減をしてください。経理部が流石に憐れに思えてきました」

ロルフの小言を無視するようにパトリツィアは歩みを早める。

「まったく。困ったお嬢様ですね」

呆れきっているのにどこか優しい声音は、ずっと傍から離れない。

きっとこの先も、パトリツィアの横にいてくれるのだ。今は、それで十分。

その後、ベル伯爵は王家によって捕縛された。危険な薬物を王都で売りさばいたことや、レジー一家を陥《おとしい》れたこと以外にも、様々な悪事に手を染めていたこともあり、爵《しゃく》位《い》と財産は剝奪《はくだつ》。重い刑罰が科《か》せられることになった。

娘をソリティオに嫁がせたのも、件の果実を手に入れるための手段だったらしい。あの樹木はソリティオでは神木として扱われており、果実は成人の儀式で使われる希少なものだったのだ。ソリティオでは年々数を減らしており、ココルで大量栽培できたことに驚かれたくらいだ。伯爵がこっそりと栽培していた苗木《なえぎ》はすべて返還されることで話が付いた。

幸いだったことはソリティオに嫁《とつ》いだレジーの異母姉が幸せな結婚生活を送っていることだ。離縁はされず、そのままあちらで暮らしていくらしい。

解放されたレジー一家は、そのまま郊外に住まいを構え、あの土地の薬師として生きていくことを選んだ。

レジーはベル家とは縁を切り、再び平民として家族のもとに戻ることを選び、学園も辞めていった。

木々は青々と生《お》い茂《しげ》り、夏の気配が濃くなってきた。

　こうして、エーデル学園に吹き荒れた、長かったような短かったような春の嵐は終わりを告げたのだった。

　事件の翌年、無事に学園を卒業したアルドとシェイラは盛大な結婚式を挙げた。まばゆいばかりに飾り立てられたシェイラは、ココルの宝石と称されるほどの美しさで国内外の話題をさらった。パトリツィアがデザインした特製の衣装と装飾品は豪華《ごうか》絢《けん》爛《らん》かつ美しくも繊細《せんさい》で、女性たちの注目を集めた。

　ぜひ同じものをと求める声があとを絶たず、結果としてパトリツィアは新たにドレスやジュエリーに関わる事業をはじめることになり、数年も経たず世界有数のブランドに成長するのだが、それはまだ先の話だ。

　ベル家の別荘は、予定どおりパトリツィアが購入。郊外一帯は、ハンスの馬牧場となった。集落の人々は勤勉に働き、牧場を活気づかせた。広い土地で馬の質も上がり、収益は増加。

　ほんの数年で名馬の里と呼ばれるまでに発展することになるのだが、やはりこれも先の話だ。

第二話　観劇はお静かにですわ

王都フィレソルには今日も目に痛いほどの青空が広がっている。

通りを歩く人々の表情は明るく楽しげだ。この夏を堪能《たんのう》しようという活気に溢《あふ》れた空気は、こちらの気持ちまで高めてくれる。

パトリツィアは馬車の窓から外を眺めながら、そわそわと落ち着かない様子だ。

夏期休暇中ということもあり、服装はピンク色のドレスだ。

夏らしい明るい色味に真っ白なレースをふんだんに使った豪華なデザインは華やかで、ここ最近の新作の中では一番気に入っている。

揃《そろ》いの生地《きじ》で作られた帽子《ぼうし》には貝殻で作った小花の飾りがいくつも縫い付けられており、動く度にキラキラと輝いてくれる。

夏の日差しの下を歩くにはぴったりの装《よそお》いだ。

本当ならばこの大通りを歩きたかったのだが、それは危険だとロルフによって馬車に押し込められたのはほんの半刻ほど前。

「早く着かないかしら。ああ、楽しみだわ」

うっとりと目を細めながらパトリツィアが腕に抱くのは、今日上演される歌劇のチラシである。

「お嬢様、窓に顔を近づけすぎです」

正面に座ったロルフは、相変わらずの冷めた瞳でパトリツィアを見つめている。

ロルフが着ているのはいつものごとく黒を基調にした騎士服だ。

長い足をきっちり揃えて背筋を伸ばす姿は、王家の近衛騎士《このえきし》にも引けをとらない迫力と美しさがあり、見慣れていても見応えがある。

今日はせっかくの外出なのだからもっとオシャレをしてもよいと思うのだ。

そう思って流行の服をいくつか取り寄せて着替えさせようとしたのだが、あっさりと拒否されたのは今朝のこと。

自分は護衛であり従者だから着飾る必要はないと言い切られてしまえば、それ以上反論できないのも本当で。

（本当に融通が利《き》かないのだから）

ロルフが専属護衛になってかれこれ七年は経つが、その間でロルフが傍を半日以上離れたのは記憶にある限りではたったの二回。

それも、望んで、ではなくお互い不本意な騒動に巻き込まれて、である。

他にも護衛はいるし、場所によってはロルフ以外を伴うこともある。

だが、そんな時でもロルフはすぐに駆けつけられる場所で待機してくれているのをパトリツィアは知っている。

つまり、ロルフはここ七年まともな休暇など取っていないのだ。

何度か休みを取るように水を向けたことはあるが、やはり毎回すげなく断られている。

『俺の役目はお嬢様の傍にいることですから』

さらりと言ってのける姿は頼もしくもあり、誇らしくもある。

とは言っても、やはりロルフにもそれなりに人生を謳歌《おうか》してほしい。だからこそ、パトリツィアは楽しみにしている場所にはいつでもロルフを同行させていた。

「興奮しすぎるとお身体に障《さわ》りますよ」

「だって今日の演目は若き海賊と海軍将校の娘との恋物語『オリオンとアンドレア』なのよ。バンシア歌劇団の代表的な演目なんだから、興奮するにきまっているじゃない。しかも今日の主演はエトワール様よ！」

バンシア歌劇団。それは、パトリツィアが最も熱く推《お》している劇団である。

王都の目抜き通りにある観劇街。

その一角にある古びた劇場を本拠地にしているバンシア歌劇団は、メンバーのほぼ全員が女性という少し変わった趣向の劇団だ。

主演の男性役も女性、お相手の女性役はもちろん女性。悪役からなにからなにまで演じるのは女優なのだ。

彼女たちが活動をはじめた時は、それなりの反発もあったという。

古くから芸術界は男性が仕切ってきた。そこに女性が、さも男性を排除するかのような劇団を作ったのだから当然だろう。

評論家たちはこぞって彼女たちを非難し、上演前から「見る価値なし」と断じた。

普段ならば、新参者《しんざんもの》に優しい観劇街の人々ですら、広告に協力しなかったという。

しかし、それも初興行が行われる前の話。

歌劇団の最初の演目こそが、これからパトリツィアが見ようとしている『オリオンとアンドレア』だ。

古びた劇場にもかかわらず目を引く華やかな舞台装置、どこか拙いながらも心を震わせる熱意ある歌唱力と演技力、身分差の恋をドラマチックに演出した最高の脚本。

何もかもが完璧だった。

主演を勤めたエトワールの演技は抜きん出ており、観客の心をわしづかみにした。

新興劇団であるにもかかわらず熱心なファンも多く、人々の注目を集めている。

今やチケットが入手困難になるほどの人気ぶりだ。

「エトワール様は本当に素晴らしい女優だわ。すらりとした長身、どこか甘いハスキーボイス。涼やかな目元に、肉付きの薄い唇……思い出すだけで心がときめくの。荒ぶる海で育ちながらも、まるで貴族のように上品なオリオンを演じられるのは、エトワール様だけよ！」

熱を込めて語りかければ、ロルフは何故か盛大な溜息を吐《つ》いた。

「お嬢様。この演目を見るのは、今回で何度目だとお思いですか」

ロルフの問いかけにパトリツィアはピタリと動きを止め、ほんの少しだけ視線を横に逸らす。

「さぁ？」

「初公演から数えて二十五回目になります。今回の演目に限らなければ、バンシア歌劇団を観劇するのは五十六回目です」

しっかり覚えてくれていることは嬉しいが、数字にされると少しだけ興奮が冷めてくるから不思議なものだ。

「贔屓《ひいき》にされるのはわかりますが、毎度、劇場に着く前からそんなに興奮していてはお身体に障ります、と言っているのです」

どこまでも冷静なロルフの言葉にパトリツィアは静かに頷《うなず》く。確かに言われてみればその通りだ。

観劇は万全の体調で挑まなければならない。劇場に着いたとたん、疲れ切って使い物にならなくなってしまえば、エトワールたちに迷惑がかかるだろう。

「そうね。推しは長く推してこそ、と言いますし、これからはもう少し落ち着いた態度を心がけるわ」

「わかっていただけたようで何よりです」

「ふふ。でも今日の公演は本当に楽しみだわ。なんといっても、今日のアンドレア役はあのアレンビー様なのよ」

　アレンビーはまだ新人の女優ではあるが、可愛らしい笑顔と情緒《じょうちょ》に訴えかけてくる声音をもった魅力的な存在だった。

　入団当初は、役名のないメイドや村娘などの小さな役ばかりだったか、どんどん実力を付けてとうとうヒロインの座を射止めるまでに成長したのだ。

　偶然にもデビュー舞台を見たこともあり、まるで育てたひな鳥の巣立ちを見守るような気持ちになっている。

「アレンビー様は小柄な体形にもかかわらず、力強い歌声が魅力よね。身分の差を乗り越え、オリオンと共に生きることを選ぶアンドレアにはぴったり。きっと、今日の上演は伝説の幕開けになるはずよ」

　配役が発表された時の興奮を思い出し、パトリツィアは先ほどのロルフとの約束も忘れ、呼吸を速める。

　チケット発売日にはファンたちが劇場に押しかけ、かなりの騒ぎになったという。自分で買うつもりだったのに、ロルフが「自分が買いに行くから屋敷にいてくれ」と言うものだからしぶしぶ諦めたが、無事にチケットを手に入れて帰ってきた彼がやたら疲れ切っていたのはまだ記憶に新しい。

　疲れた顔を見せないロルフの珍しい姿にパトリツィアは大変驚き、慰労《いろう》を兼ねて特別手当を渡そうとしたのだが、やはり断られしまったことも忘れてはならない。

「お嬢様」

窘めるロルフの声に、パトリツィアは咳払いして姿勢を正す。

「とにかく、今日の舞台はとても大切なのよ」

「それは承知しております。今日は人出も多いですから、決して俺の傍を離れないでください。本当ならボックス席に座ってほしいのですが」

「しかたないわ。バンシア歌劇団が借りている劇場はずいぶん古いもの」

今でこそ壁面に作り付けられたボックス席はどこの劇場でも採用されているデザインだが、少し前まではよほどの大型劇場以外にはなかったものだ。

歌劇はあくまでも国民の娯楽であり、貴族がこぞって詰めかけるようなものではなかったからだ。

しかし今では、地位や年齢を問わずに舞台を楽しむことが主流となってきていることもあり、新しく建てられる劇場はどんなに小さくても貴賓向けのボックス席が用意されるようになっている。

バンシア歌劇団が本拠地にしているのはかなり古い劇場だ。外壁には蔦《つた》が絡みつき、よく言えば雰囲気のある外観をしている。本来ならば取り壊してもおかしくないほどの築年数らしい。オーナーが少々酔狂《すいきょう》な人物らしく、建物の管理をする代わりにバンシア歌劇団に格安で貸し出しているという噂だ。

「バンシア歌劇団はこれからどんどん成長するわ。きっとそのうちに、自分たちだけの新劇場を建設できるはずよ」

自分たちだけの新劇場。それは多くの劇団が夢見る目標の一つだ。

そのため観劇街には大小様々な劇場が立ち並んでいる。

小さくとも、自分たちの城を手に入れた劇団はいつも輝いており、パトリツィアは馬車の窓からその光景を眺めるのが何より好きだった。

「……あら？」

あと少しで目的地、というところでパトリツィアはある光景に目を留めた。

「どうしました？」

「あんな劇場、あったかしら？」

パトリツィアが指さしたのは、観劇街のほぼ中央に建った真新しい劇場だ。外壁を黒一色に塗った外観は、なかなかに奇抜《きばつ》で目を引くものがあった。

「マールド子爵家《ししやくけ》が作った劇団専用の劇場ではないでしょうか。少し前に噂になった」

「マールド……ああ、なるほど」

ロルフの言葉に、パトリツィアは以前聞いた話を思い出した。

マールド子爵家は北方に領地を持つ貴族で、取り立てて目立った功績《こうせき》のない平凡《へいぼん》な家門だったが、どういうわけか自ら劇団を作って運営をはじめたという。

　その劇団員は若く美しい男性ばかりで、貴族女性の間ではかなりの評判らしい。

　一度だけ案内のチラシを貰ったことがあるが、どうにも表面だけを整えたような雰囲気が好みではなかったこともあり、それ以上の詳しい話は記憶にない。

「もう専門の劇場を作るまでの人気になったの？」

「美男子ばかりという触れ込みもあって女性客がかなり多いそうです」

「ふうん」

　目の前を通り過ぎる時に観察してみたところ、確かに出入りしているのは女性の客ばかり。

　劇場だというのに、まるで高級店のように出入り口に執事服のドアマンがおり、笑顔で女性たちを招き入れている。

　ドアマンの顔立ちは確かに整っているが、作り物めいていて惹《ひ》かれない。

「……気になりますか？」

　ロルフの問いかけにパトリツィアは緩《ゆる》く首を振る。

「いいえ。どうも私の趣味ではないわ」

「美しいものが好きなのでは？」

「確かにそうだけれど、私が好ましいと思うのは外見の美しさだけではないの。それに伴う崇高《すうこう》な魂が必須なのよ」

「魂」

どこか呆れた口調でロルフが言葉を反芻《はんすう》した。

「見た目の美しさを凌駕《りょうが》するほどに、魂が輝いて見えるものなのよ」

「エトワール嬢がそれだと？」

「ええ。エトワール様はいつだって内側から輝いていらっしゃるもの。だから私、あの方の舞台を見るのが大好きなの」

「それならいっそ、いつものように劇団に出資すればよろしいのでは？　毎回、チケットを買わずともお嬢様専用の劇団にしてしまえばよいではないですか」

「それは違うのよ、ロルフ」

確かにそう考えたこともある。むしろ、全公演のチケットを買い占めても惜しくない。実際、やろうと思えば容易《たやす》いのだが、それはフェアではないことをパトリツィアは知っている。

「舞台というのは観客あってこそよ。私一人が楽しむことをエトワール様は望んでいらっしゃらないわ。私はこれからも、一ファンとしてエトワール様を推していくつもりよ」

「さようでございますか」

納得したのかしていないのか、ロルフは軽く肩をすくめた。

「今日はロルフもぜひ楽しんでちょうだい」

ロルフが取ってきてくれたチケットは二枚。もちろん、一枚はロルフのものだ。

「楽しめるかどうかはわかりませんが、座席には満足しております」

「そうなの？」

「はい。壁沿いの待機場所では何かあった時の対処に時間を取られますから。可能であれば後ろの席が良かったのですが……」

事務的に淡々と護衛計画を語るロルフの表情は真剣だ。どこまでも職務に忠実なロルフに、パトリツィアは苦笑いするしかない。

「せっかくの観劇なのだから、もっと気楽に楽しみましょうよ」

「けっこうです」

「もう、もったいないんだから。今日だって、せっかく新しい服を用意したのに」

「俺にはそういったものは不要です」

つれないロルフに、パトリツィアは呆《あき》れながら腕を組む。

（せっかく素材はいいのに）

本人はあまり認めたがらないが、ロルフの顔立ちはかなり整っている。表情を滅多《めった》に動かさないせいで周りが気が付かないだけだ。

この国では珍しい黒髪はどこか神秘的な美しさだし。切れ長の目はいつだって大人っぽくて凜々しい。護衛騎士として鍛えている身体は均整《きんせい》が取れており、実はどんな服だって着こなしてしまうのだ。

学園でも髪を整え、立派な服を着て微笑めば数多くの女性が振り返るようになるだろう。

そこまで考えたところで、なぜか微妙に不快感がこみ上げてきた。

（まあ、ロルフの魅力は見た目だけじゃないからね）

どんなときにも冷静沈着《れいせいちんちゃく》。腕も立ち頭も切れる、パトリツィア自慢の護衛だ。

ロルフが傍にいてくれる安心感は何物にも代えがたい。

だからこそ、世界中に自慢したいし、なんでもしてあげたい。

一番の推しに貢げないもどかしさに、パトリツィアはこっそりと溜息を零《こぼ》した。

「お嬢様。そろそろです」

色々考えているうちに、劇場に到着したらしい。

馬車から降りれば、すでにバンシア歌劇団目当ての客が集まっていた。

舞台を楽しみにしている人々から伝わってくる興奮が、パトリツィアの心を沸き上がらせる。

「さぁ、出陣よロルフ」

意気揚々《いきようよう》とパトリツィアが歩き出すと、顔馴染みの観客が声を上げて駆け寄ってきた。

「ご無沙汰《ぶさた》しておりますわ、パトリツィア様。お元気でしたか」

「ここでお会いできるのを楽しみにしておりましたのよ」

「そうそう。やはり、パトリツィア様がいらっしゃるのといらっしゃらないのとでは観劇の楽しさが違いますもの」

「あら。嬉しいわ。ライム様もミント様も、キシリー様もお元気そうで何よりよ」

可愛らしく囀《さえず》る彼女たちとは、全員ここで知り合った。みな、それぞれに贔屓の演者がおり、その活躍を見るのを何より楽しみにしている、いわば戦友たちである。

立場もそれぞれ。最も背の高いおさげ髪のライムはギルドの職員だし、一番小柄でふっくらとした顔立ちのミントは王都で最も大きな銀行の行員。黒髪を高い位置で結い上げて黒を基調にした洋服を着ているキシリーは王立図書館の司書をしているそうだ。

本来ならば出会うことすらなかった相手とも友人になれるのが、観劇の素晴らしさでもある。共通の趣味というのは、年齢も立場も超えさせてくれる力があるのだ。

「今日はとうとうアレンビー様がエトワール様の相手役を演じる初日ですわ。皆さま、心構えはよろしくて」

「ええ、ええ。私、この日を一日千秋《いちじつせんしゅう》の思いで待っておりましたの」

「私もよ。アレンビー様はエトワール様に導かれ、舞台に上った御方《おかた》だものね。今日の舞台への思い入れはひとしおの筈《はず》よ」

三人の熱っぽい語りに、パトリツィアもまたうっとりと目を細める。

「本当に楽しみですわ。アンドレアは海軍将校の娘として何不自由なく育てられた生粋《きっすい》の淑女《しゅくじょ》。そんな彼女が恋を知って、強く気高い女性に成長して行くという難しい役どころですが、今のアレンビー様ならばきっと完璧に演じられるはずですわ」

「パトリツィア様！　私もそう思いますわ！」

四人で手を取り合って騒いでいれば、劇場の従業員が入場開始だと呼びかけをはじめた。

「まあ大変。ロルフ、行きますわよ。チケットは？」

「こちらですお嬢様」

「パンフレットも買わなくては」

「ご安心を。すでに保管用を含め二部購入しております」

「さすがねロルフ。あとであなたの分も買ってあげるわ」

「結構です」

さらりとパトリツィアの言葉をかわしたロルフに促され劇場の中へ足を踏み入れれば、そこはすでに熱気に包まれていた。

舞台の緞帳《どんちょう》は下りているが、その向こうで必死に準備をしているのが伝わってくる。

公開初日ということからか、劇場の従業員や劇団員らしき人たちが客席の見回りをしており、熱心に場内チェックをしているのが見えた。

客席では、誰もがお行儀《ぎょうぎ》よく席に着き、背筋を伸ばして舞台を見つめている。

パトリツィアもそれに倣《なら》い、自分の席に腰掛ける。ロルフはぐるりと周りを見回してから腰の剣を膝に乗せるようにして着席する。

普段は少し後方にいるか正面にいるロルフが、肩が触れあうほどの距離で隣にいるのは少し新鮮だ。

「ふふ、なんだか久しぶりね。この距離感」

「そうですね」

ロルフはこちらを見ようとはせず、熱心に場内に視線を向けていた。

真剣な横顔は凛々《りり》しく、パトリツィアのためにあたりの状況を正しく把握してくれようとしているのがわかる。

「そんなに心配しなくても大丈夫よ。ここは安全だわ。何度も来ているじゃない」

「いいえ。お嬢様に何かあれば先代に申し訳が立ちません。お嬢様をすべてからお守りする。これは俺が先代から与えられた職務ですから、お嬢様は気になさらないでください」

「もう……」

本当に融通の利かないロルフに、パトリツィアは唇を尖らせる。

ロルフはパトリツィアの護衛兼従者ではあるが、その雇い主は先代当主であるパトリツィアの祖父だ。

だから、ロルフはパトリツィアから決して金銭を受け取らないし、祖父の命令である「パトリツィアを守る」をいつだって最優先する。

当初はそのことが理解できず、不満だったこともある。

『ロルフは私が見つけたのに、どうして』

護衛として引き合わされたのは十歳の春のこと。

真新しい騎士服に身を包んで目の前に現れたロルフが嬉しくて、パトリツィアはお小遣いを渡そうとしたのに、受け取ってもらえなかったのだ。

自分の雇い主は祖父なので、パトリツィアからお金を受け取ることはできないと。

パトリツィアはそれが納得できなくて、癇癪《かんしゃく》を起こしてしまい周囲を慌てさせた。

（なんて幼かったのかしら）

職務に忠実なロルフだからこそ、傍に置いてくれたのだと今ならわかる。

あの時、金銭のやりとりをしていれば、関係は歪《いびつ》なものになってしまっていただろう。

なにより、あの当時パトリツィアが持っていたお金は、すべて祖父や父から貰ったもので、パトリツィア自身が得たものではない。

（でも今は違うわ）

毎月、お小遣いという名目である程度の予算は貰っているが、それ以上にパトリツィア自身がはじめた事業での儲けがある。胸を張ってロルフに貢げるのだ。

これまでの感謝を込めて、なんとかお金を渡したいと思っているのに。

(いまだに一度も受け取ってもらっていないのよね)

ロルフに喜んでほしいのに。

「そろそろおじいさまよりも、私の気持ちを優先してくれてもよいのではなくて?」

「お嬢様のお願いをすべて聞いていたら大変ですから遠慮しておきます」

「もう! じゃあなんなら受け取ってくれるの?」

「なんならって……」

自棄《じき》になって問いかければ、ロルフが視線を泳がせる。

「何か欲しいものがあるなら言ってちょうだい。ロルフが望むなら、私なんだってしてあげるわよ?」

ずいっと身体を近づければ、それと同じぶんだけロルフが上半身を遠ざける。

「そういったことをむやみに口になさらないでください」

「どうして?」

「……勘違いする者が出てきますから」

何を勘違いするというのだろうか。

理解できずにロルフをじっと見つめていたが、それ以上の言葉は続かなかった。

「まあいいわ、もうすぐ幕が上がるわ。劇場内には警備もいるようだし、今は舞台を楽しみましょう」

ね？　と微笑みかければロルフは長い息を吐く。

「……わかりました」

ようやく身体を元の位置に戻し「お嬢様にはかないません」と呟く声は優しくてパトリツィアは頬が自然と緩《ゆる》むのを感じた。


「……最高、だったわ」

椅子から立ち上がることもできず、パトリツィアは余韻《よいん》を噛みしめていた。

幕が下り静寂《せいじゃく》を取り戻した客席には殆《ほとん》ど観客は残っていない。

しかし目を閉じれば、やりきった笑顔を浮かべて舞台に並んだ演者たちの笑顔と、惜しみない賞賛《しょうさん》と拍手《はくしゅ》の嵐がまだこの場に残っているような錯覚を感じてしまう。

それほどまでに素晴らしい舞台だった。

「エトワール様のオリオンとアレンビー様のアンドレアは、もはやこの世の奇跡ね。ロルフもそう思うでしょう？」

「お嬢様がそうおっしゃるならそうだと思います」

「ラストのデュエットは涙なしには聴けなかったわよね……嗚呼《ああ》、どうして私の目には自動記録装置がついていないのかしら。いっそお父様に開発をお願いしようかしら」

「当主様なら本当に作ってしまわれるかもしれませんよ」

パトリツィアの父である現レッジ家当主は、社交の場には殆ど出てこず日々新しい技術を開発するために模索《もさく》している職人だ。愛する妻や娘のために様々な商品を開発し、それにより莫大《ばくだい》な利益を得ている。

つい先日も、長時間の移動は辛いと零したパトリツィアの母のため、スプリング入りのクッションを開発し、馬車業界を大いに賑《にぎ》わせた。座るだけではもったいない。眠るためのベッドにも採用してはどうかという鶴《母》の一声により、寝具業界にも参入しようとしているらしい。

「ああもったいない。もっと気軽にこの魅力を人様に説明できれば良いのに。私、自分の語彙力《ごいりょく》のなさが情けないわ」

言葉で褒《ほ》め称《たた》えることしかできないのが口惜しくてならない。

もっと沢山の人にバンシア歌劇団を知ってほしい。

「ロルフ。私、今日の舞台に関する評論をすぐにまとめますわ。各出版社に広告を掲載するようにお願いできるかしら」

「承知しました。どれほどの数にしましょうか」

「全紙よ。掲載は一面と言いたいところだけれど、まずは広告欄の半分程度にしておいて。全部で一億ベルほどで足りるかしら」

「地方紙ならばそれですべて掌握《しょうあく》できるかと。全国紙になるともう少しかかるかと思いますが」

「構いませんわ。手配をよろしくね、ロルフ」

「承知しました」

記憶が新鮮なうちに記事作成に取りかからなければと意気込んでいると、誰かが大声を上げているのが耳に届いた。

顔を上げてみれば、どうやら客席の外が音源のようだ。

パトリツィアとロルフは顔を見合わせ、ようやく席を立った。


「私の指輪はいったいどこにあるの！」

「お待ちくださいお客様。まずは劇場内の確認を……」

「誰かに盗まれたのよ!!　返して。あれはようやく手に入れた今年の新作なのに！」

人もまばらになったホールで従業員の男性に詰め寄っていたのは、濃紺《のうこん》のドレスに身を包んだ貴婦人だった。これまでにも何度か姿を見たことがある。ほかの観客に対し、少し威圧的な態度を取ることが多く、周囲からは少し距離を置かれていた筈《はず》だ。

劇団側も貴重な観客ということもあり無下《むげ》にはできないが、何度か注意しているところを目にしたことがある。

「嫌がらせでしょうか。他劇団ではそういう話も珍しくないとは聞きますが」

わずかに警戒した様子でロルフが貴婦人を睨《にら》みつけている。

人気の劇団を追い落とすために、他の劇団やそのファンたちが嫌がらせ行為をするという話はよく耳にする。あの貴婦人もそういった手合いなのだろうかと疑っているのだろう。

「そうかしら？」

(彼女がこの劇団を愛しているのは本当だと思うのよね)

本気で劇団に打撃を与えたいならば、わざわざ毎回やってくる必要はない。あの貴婦人はいつも熱心に舞台を見ているし、観劇後は出待ちまでしてエトワールたちに感想を伝えている。それに。

「嫌がらせをするなら上演前か上演中に騒動を起こした方が確実よ。すべてが終わって観客の大半が帰宅したここで騒ぎを起こすのは妙よ」

劇団に打撃を与えたいのならば、舞台そのものを台なしにしてしまえばいい。上演前に騒ぎを起こし観客や演者の感情を波立てるなり、上演の最中に立ち上がって奇声《きせい》を上げるなりするだけでも十分だろう。

「少し話を聞いてみましょう」

「お嬢様……！」

ロルフが咎《とが》めるような声を上げるが、パトリツィアは構わず貴婦人のもとに駆け寄る。

「いかがなさいました？」

「えっ……あ……」

パトリツィアの姿を認めた貴婦人が、さっと顔色を変える。パトリツィアが誰かを知っているのだろう。

対する劇場の従業員は、あからさまにほっとした表情を浮かべた。

「こちらのお客様のお連れ様ですか？」

どうやら、貴婦人の連れだと思われたらしい。長い時間拘束《こうそく》されているのだろう、疲れ切った顔には助けてほしいと書いてある。ほんの少し同情しながらパトリツィアは貴婦人の方へ再び目を向けた。

「ごきげんよう。以前にもお話ししたことがありましたわよね。私はパトリツィア・レッジと申します」

「……ごきげんよう。私は、ワンダ・サンズと申します」

「ワンダ様、本日の舞台、素晴らしかったですわね。ワンダ様のご贔屓は、ええと」

「……クロエ様ですわ」

「ああ、そうでしたわ！　今日のクロエ様も最高に凜々しいお姿でしたわね」

クロエはエトワール同様、男性を演じる役者だ。ライバルや敵役《かたきやく》を得意とするヒールな雰囲気を持つこともあり、人気を集めていた。

「え、ええ。本当に素敵で……」

先ほどまで強ばっていたワンダの表情がわずかに和む。

（やはり彼女ではないわ）

ワンダがクロエを慕《した》う気持ちは本物に違いない。パトリツィアにはわかる。

「せっかくの舞台のあとだというのに、どうなさったのですか？　そんなに悲しい顔をされていては、クロエ様も悲しむと思いますわ」

「……！」

ワンダがはっと目を見張る。

瞳を潤ませ、俯く姿はまるで迷子になった少女のように見えた。

「私で力になれることがあれば、お助けいたしますわ」

「……実は、私の指輪がなくなったのです。ゲルラム宝飾店で先月買ったばかりなの。予約して、半年待ったの。なのに」

細い指を絡ませ合いながら、ワンダは声を震わせる。

ゲルラム宝飾店はこのあたりでは有名な宝石ブランドだ。季節ごとに新作の指輪を発売することもあり、熱心なファンも多い。

「今日のために、着けてきたのです。上演中は確かにあったのに、帰ろうとしたらないことに気が付いて」

「まあ、それは大変。どんな指輪なのですか？」

「イエローダイヤモンドを使った指輪です。その……」

「クロエ様のイメージなのですね」

「そうなの！」

ワンダがぱっと表情を輝かせる。

「デザインを見た瞬間、あれはクロエ様だと思ったのですわ。だから……」

「それは落ち込んで当然ですわ！　最後に指輪を見たのはいつですの？」

「カーテンコールの時には間違いなくありました。その後の暗転時に落としたのかと思ったのですけれど、周りに落ちてなくて。落とし物として届いていないかって……でも」

従業員にワンダが恨めしげな視線を向ける。

「すみません。そういった物は今のところ届いていないんです。古い劇場なので、床や壁に隙間がありますから、転がって落ちている可能性もあります。とにかく、これから舞台の片付けなので今から捜すしか」

「それじゃ困るのよ!!」

甲高いワンダの叫びに、ホールに残っていた客や他の従業員たちが動きを止めてぎょっとした視線を向けてくる。

「……もしかして、指輪はどなたかからの贈り物ですの？」

「っ、なんで」

「もしご自分の指輪であればそこまで必死になりませんわ。これから、その指輪をくださった方とご予定が？」

「あ……」

動きを止めたワンダに、パトリツィアは優しく微笑みかける。

「お話ししてくださる？」

「……婚約者が買ってくださったんです。優しい方で、私があの指輪を欲しがっているからと……今日の舞台だって、チケットを取ってくださって」

「素敵な方なのね」

「指輪をなくしたなんて知られたら、きっと嫌われてしまうわ。私、どうしたら……」

わっと泣き出したワンダの背中をパトリツィアは優しく撫《な》でる。

「指輪はきっと見つかりますわ。お相手の方も、きっと事情を理解してくださるはずよ」

「でも、でも……」

「ご安心なさって。これも何かの縁、私が少しだけお手伝いいたしますわ。ロルフ」

「はい」

ずっと後ろに控えていたロルフが一歩前に出る。

「屋敷にすでに使いを走らせました。そう時間をかけず届けてくれるかと」

「えっ？　届ける、って」

「私、丁度同じ物を持っておりますの。ワンダ様にお貸ししますわ」

「えっ⁉」

「あの店とは懇意《こんい》にしておりまして、幸運にも新作は大抵手に入れておりますのよ」

ほんの数年前まで、ゲルラム宝飾店はありふれた小さな宝石店だった。

ある時、店主の類《たぐ》い希《まれ》なるデザインセンスに気が付いたパトリツィアが、手持ちの宝石を託《たく》しオリジナルデザインのジュエリーを作らせたのだ。

するとその素晴らしさから人気が爆発的に上がったのだ。

店主はパトリツィアに心酔《しんすい》しており、新作を発売する度にお礼だと贈ってくるようになった。

ワンダがなくしたと騒いでいる指輪も、同じ物がパトリツィアのもとにしっかり届けられている。

「で、でも、もし、それまでなくしたりしたら」

「その時はその時ですわ。どうぞお気になさらないでください」

「でも、あの指輪は本当に高くて」

「ええと……確か、五百万ベルほどだったかしら？」

「すぐに予約で売り切れたことあり、今はプレミアがついて七百万ベルほどになってるようですよ、お嬢様」

「まあ！　たったの七百万ベルでワンダ様の笑顔が取り戻せるなら安いものだわ。どうぞご遠慮なさらないで。いっそさしあげてもよろしいのですが、やはり婚約者様からいただいたものに思い入れがあるでしょうし、いったんはお貸しするという形でご納得くださいませ」

「…………」

目を丸くしたワンダは唖然《あぜん》とした顔でパトリツィアを見つめていた。

それからほんの数十分後。

レッジ家の執事が指輪を届けてくれた。

幸いにもリングのサイズはワンダにぴったりで、指にしっくりと収まる。これが借り物とは誰も思わないだろう。

「さぁ、急ぎませんとお約束に遅れますわ。我が家の馬車を貸してさしあげますから」

「でも、そこまで……」

「私たちは共にバンシア歌劇団を推す仲間ではございませんか。仲間の危機は自分の危機。助けさせてくださいませ」

「パトリツィア様……！」

感動に身を震わせたワンダは、パトリツィアと熱い抱擁《ほうよう》を交わすと、指輪を届けてくれた使用人が乗ってきた馬車で、婚約者との待ち合わせ場所に向かったのだった。

ようやく劇場のホールが静寂《せいじゃく》を取り戻した。

「た、助かりました！」

先ほどまでワンダに詰め寄られていた従業員が、転がるようにパトリツィアの傍に駆けてくる。

「いや、本当に困っていたんです。お客様のお気持ちもわかりますが、あの剣幕《けんまく》ではお話を聞いていただけず。当劇場をご贔屓のお客様ですので、あまり無下《むげ》にできず」

「ずいぶんと必死でしたものね。お忙しい中、おつかれさまでした」

「いえいえ。お客様にもいつも大変お世話になっております」

従業員はパトリツィアに深々と頭を下げた。

「私のことを覚えていてくださっているの？」

「もちろんですとも。頻繁《ひんぱん》に来ていただいているお客様のことはしっかり覚えております。先ほどの方もそうですし、最近では若い男性のご贔屓も増えて、とても喜ばしい限りなんですよ」

にこにこと人好きのする従業員はよほど記憶力がいいらしい。

「まあそれは素敵ね。ところで、ワンダ様の指輪は本当に届いていないの？」

「はい……」

情けなく肩を落とす従業員の表情には疲れが滲《にじ》んでいた。

「いったいどうしたものか……」

顔を伏せ、視線を泳がせる仕草にパトリツィアは片眉を上げる。

従業員の態度は、ワンダに詰め寄られたことよりも、この状況そのものに対して困っているようにしかみえなかった。

「……もしかして、これが初めてのことではありませんの？」

「……！」

わかりやすく身体を硬直させた従業員は、あ、とか、う、とか悲鳴じみたうめき声を上げて視線を泳がせまくっている。

これはなにかある。そう感じたパトリツィアが口を開こうとしたその瞬間だった。

「うちの者が何かご迷惑をおかけしましたか」

凛とした声がホールに響き渡った。

引き寄せられるように顔を上げれば、ホールの上階から身を乗り出すようにしてこちらを見ている人物と目が合った。

「まあ！」

パトリツィアは思わず悲鳴を上げ、両手で口元を押さえる。

「エトワール様！」

緩くウェーブしたアッシュブロンドは頭の後ろで一つに結ばれ、無造作《むぞうさ》に後ろに流されている。不思議な魅力をたたえた灰色の目は、きゅっと吊り上がっており涼《すず》やかでミステリアスな印象だ。わずかに弧を描いた唇は肉付きが薄く、ほんのりと薄紅色に染まっている。

細身の身体を包むのはシンプルな生成《きな》りのシャツにハイウエストのズボンで軽装《けいそう》だ。しかしまっすぐな背筋とわずかに胸を反らせた堂々とした立ち姿のおかげで、衣装のように輝いて見えるのは何故なのか。一見すれば、見目麗《みめうるわ》しい美青年のようではあるが、シャツの胸元ははっきりと膨らんでいるし、ウエストのくびれはみごとで男性でないことは一目瞭然《いちもくりょうぜん》。

静かに階段を下りてくるだけなのに、まるで舞台のワンシーンのようにしか見えない。

「ん？　君は確か……いつも舞台を見に来てくださるお嬢さんですね。今日も拍手《はくしゅ》をありがとう」

女性にしては低めの声音は耳の奥を撫でるような柔らかさだった。

あまりのことに悲鳴すら出なかった。まさかエトワールに認知されていたなんて。

「私のことがおわかりになるの……？」

「もちろんだよ。お嬢さんの歓声はいつも届いていましたよ」

「まあ！　聞きましたロルフ！　エトワール様が、私を！」

「聞いておりますお嬢様。落ち着いてください」

「これが落ち着いていられますか！」

「お嬢さんは面白い人ですね」

　エトワールは肩を揺らして楽しそうに笑った。

　その笑顔は舞台で見せる俳優としてのものではなく、とても自然で優しいもので、パトリツィアの心臓が奇妙な音を立てる。

（何という破壊力かしら）

　ドキドキと高鳴る心臓を押さえながら、パトリツィアは冷静さを取り戻すべく小さく咳払いして背筋を伸ばした。

「ごきげんようエトワール様。私、パトリツィアと申します。先ほどの舞台、本当に素晴らしかったですわ。エトワール様の演技に、何度胸を打たれたことか。アンドレアへ心からの愛を叫ぶお姿はまさに至宝。思い出すだけで、目頭《めがしら》が熱くなって参ります。特にラストでの歌唱。あの歌声を記録できないのが本当に口惜しい。どうにかして世界中に届けたいですわ」

早口にまくし立ててしまった。

エトワールはわずかに目を見張るが、さすがとでも言うべき早さですぐに優しげな笑みを浮かべてくれた。

「熱烈な感想をありがとう。そんな風に言ってもらえるなんて、とっても嬉しいわ」

ほんのりと頬を染めはにかむエトワールの姿に、パトリツィアは再び口元を押さえる。

「尊《とうと》い……」

「ん？」

「お嬢様」

「……ハッ！」

うっかり意識を遠くに飛ばしそうになったところでロルフに呼ばれ、なんとか理性を取り戻す。

「失礼いたしました。つい、興奮を……」

「とんでもない。お客様と直接会話できる機会は少ないから嬉しいです。ありがとうございます、パトリツィア様」

「エトワール様……！」

身もだえしたいのを堪えていると、エトワールが探るように従業員に視線を向けた。

「うちの従業員がなにか粗相《そそう》をしたのでしょうか？」

その表情には、わずかに陰りが見える。

（あら？）

先ほど感じた違和感が、再び頭をもたげる。

「実は……」

おずおずと先ほどまでの顛末《てんまつ》を語る従業員の言葉に、エトワールの表情がどんどん曇っていった。

「そうか……また……」

答える声音は沈んでおり、パトリツィアの胸を打つ。

「我が劇場の不手際《ふてぎわ》だというのに、とんでもないご迷惑をおかけしました」

「とんでもない。あれくらい、たいしたことはありませんわ。ところで、先ほど『また』とおっしゃいましたが、もしかしてこれまでにも似たようなことがありましたのね」

「……どうしてそう思うのですか」

表情を変えずにさらりと答えるところは、さすが女優と言ったところだろうか。しかし、その隣で顔色を変え落ち着きをなくした従業員の態度が、すべてを雄弁《ゆうべん》に物語ってしまっている。

エトワールもそれに気が付いたのだろう、困ったな、とでも言いたげに軽く肩をすくめた。

パトリツィアは一歩前に進み出ると、軽く胸を反らせ、にこりと微笑む。

「エトワール様。これも何かの縁、私にお話を聞かせてくださらないかしら」

「え？」

「きっと何かお手伝いできることがあるはずですわ」

勢いに負けたのか、エトワールは劇場の奥にある楽屋にパトリツィアたちを案内してくれた。

沢山の衣装や小道具が積み上がった楽屋には、おしろいと香水の匂いが漂っている。

「狭くてすみません」

「いえいえ。まさか、舞台裏を見せていただけるとは思わず、光栄ですわ」

楽屋には質素な木製の椅子がいくつかあるだけで、とうていゆっくりと過ごせるようなスペースはなかった。

換気のために開けられた窓から風が流れ込む度に、エトワールの髪がさらりと風に揺れる。雑然とした空間の中でそこだけが輝いて見えた。

（ああ、なんて素晴らしい）

うっかり見蕩《みと》れていれば、背後から小さな咳払《せきばら》いが聞こえた。

背中にロルフの物言いたげな視線が突き刺さるのがわかる。

「私たちをここに案内してくださった、ということはやはり何かあるのですね」

「……ええ」

憂鬱《ゆううつ》そうな溜息を吐くエトワールの表情には憂《うれ》いが漂っている。

「初対面のあなたに相談するのは恥ずかしい話ですが、実は少し前からお客様の私物が頻繁《ひんぱん》に紛失するようになったんです」

「私物が？」

「最初は、とある貴婦人のイヤリングだったと思います」

この劇場は古く床にはひびが入っており、あちこちに歪《いびつ》な隙間が空いている。落ちてしまった舞台小物がそこに嵌《は》まることも珍しくなかった。

てっきりイヤリングも同じだと思われたが、何故かどんなに捜しても見つからない。貴婦人は古いものだったし留め金が壊れかけていたから仕方がないと諦めてくれた。

同じようなことが起きないように床のひびを補修しよう。そう相談していた矢先、今度はとある紳士のカフスが消えた。小さいながらもダイヤモンドが埋め込まれていたカフスは、やはり見つからなかった。

その後も、同じくイヤリングやネックレス。ワンダのように指輪がなくなるという届け出が頻発《ひんぱつ》するようになった。数日に一度だったのが、三日、二日、と間隔を狭めていき、今では一日おきに紛失が起きるようになったという。

「エトワール様は、これを人為的《じんいてき》な事件とお考えなのですね」

「……考えたくはありませんが、いくら何でも数が多すぎます。今届けが出ている紛失物のすべてが床の隙間に落ちているとは思えません」

「確かにそうですわよねぇ」

「観劇中、客席はどうしても暗くなるし、熱心なお客様は無防備です。スリの類《たぐ》いが紛れ込んで悪さをしている可能性もあると思っています」

「なるほど」

「ですが、こちらもただ手をこまねいていたわけではありません。観劇中に従業員を客席に配置して監視したり、チケットを持っていない人物が紛れ込まないようにしたり、できるかぎりのことはしました」

「ああ。それで客席の周りに人が多かったのですね」

「ええ。特に今日は公演初日。お客様のためにも、みんなのためにも、何も起きないでいてほしかったのに……」

ぐったりと頭を下げるエトワールの表情には明らかな疲れが滲《にじ》んでいた。

「警察には？」

「相談済みです。定期的に巡回にきてくださっていますし、このあたりで騒ぎを起こしているスリの情報も教えてくださっています。盗まれた品についても手配してくださっているのですが、今のところ何の手がかりもありません」

「それは……手詰まりですわね」

「はい……」

答えるエトワールの瞳がわずかに揺れる。ほんの一瞬のことではあったが、パトリツィアはそれを見逃さなかった。

「何か、ほかにも問題がございますのね？」

パトリツィアの問いかけに、エトワールはわずかに迷う素振りを見せたが、ここまで話したのだからと前置きして、話を続けた。

「……実は少し前に高価な指輪を紛失されたお客様がいらっしゃるのです。もし、指輪が見つからなければ、我が劇団を訴えるとおっしゃっています」

「そんな！」

「代金をお支払いしたくても高額すぎて。今回の公演が成功したとしても、破産は免《まぬが》れません。しかし何もしなければ訴えを起こされ、劇団の悪評が広まるでしょう。最悪、解散の可能性もある」

「おかしいですわ。なくした物まで劇団の責任にするのはあまりに横暴《おうぼう》。いくらなんでも、ありえません」

「私もそう訴えましたが。でも……」

「でも？」

「実は、この劇場は古いせいでいろいろと防犯上の基準を満たしていないのです。人手も足りず、警備も最低限。床のひび割れや隙間を放置していたことも問題の一因ではないか、と。私たちの責任も大きいと、あちらの弁護士さんが」

「そんな……」

「とにかくこの公演を成功させてできうる限りのことをしようと、団員たちとも話をしているのです」

きっとこれまでも何度も相談を重ねてきたのだろう。

他に道がない。エトワールの言葉の端々《はしばし》にはそんな苦しみが滲んでいた。

「他に補塡の方法はないのですか？」

「それが……いえ、今のところは……」

パトリツィアの問いかけにエトワールはわずかな逡巡《しゅんじゅん》を見せた。迷うような苦しんでいるような表情に、パトリツィアはおや？　と片眉を上げる。

「せっかく運営が軌道に乗ってきたのに、このままでは本当にここを畳むしかないかもしれません」

「そんな！」

パトリツィアは泣きそうだった。

もしこの騒動せいでバンシア歌劇団が解散してしまったら、いったいこの先、何を楽しみに日々を過ごせばいいのか。

エトワールはすぐに新しい劇団に誘われるだろう。アレンビーやクロエのような花のある団員もだ。

だがそれではだめなのだ。今のバンシア歌劇団こそが、最良の形なのに。

二度と舞台が見られなくなるかもしれないと考えるだけで血の気が引いていく。

「エトワール様」

「はい？」

「私にこの件を預けてくださらないかしら」

「え……？」

「このバンシア歌劇団は私の生きる糧《かて》ですの。皆さまがいなくなるなんて考えられません。どうか、私に協力をさせてください」

「協力って。そんな、あなたにそこまでのご迷惑をおかけするわけには」

「いいえ。これは死活問題ですの。ロルフ」

「はい、お嬢様」

呼びかければ、ロルフはすっと近づいてくる。

「まずは我が家のハウスメイドたちを呼んでちょうだい。すべてのひび割れを掃除して、落とし物がないか捜させて。そのあと技師を呼んで修繕をさせてちょうだい」

「かしこまりました」

「エトワール様。現在届け出が出ている紛失物のリストをいただけますか？」

「え、ええ……受付に言えば出してくれると思いますわ」

「ロルフ」

「承知しました。探索が終わり次第《しだい》、リストと一致するものがないか確認させます」

「お願いね」

「あ、あの……？」

「お任せくださいエトワール様。このパトリツィアが、バンシア歌劇団を必ずお守りいたします」


それからはあっという間だった。

有能なレッジ家のハウスメイドたちは、劇場内のひびや隙間を清掃し、そこに挟まっていたあらゆるものを発見。古びていた壁紙や客席の汚れまで完璧に掃除を済ませた。

呼び寄せた技師たちは清掃が終わった床や壁をあっという間に修繕し、劇場は何もなかったかのように完璧な姿を取り戻した。

「これは、すごいですね」

舞台に立ったエトワールは感嘆《かんたん》の声を零す。

客席はまるで新築のような美しさになっていた。

エトワールの横では、パトリツィアが舞台に立てた喜びを密かに噛みしめていた。

（ああ、これが劇団の皆さまが見ている光景なのね）

うっとりと目を細めていれば、戻ってきたロルフが小さな箱を差し出してきた。

「お嬢様、こちらを」

「これが発見された品ね」

箱の中には小さな指輪やちぎれたネックレスなどが収まっていた。

「はい。ですがほとんど古いものです。補償を要求されている指輪や、価値の高い貴金属は見つかりませんでした」

「そう……」

エトワールの表情にも明らかな落胆が滲《にじ》む。

もしかして、と期待していただけに余計だろう。

「ロルフ。発見されていない品の行方《ゆくえ》を追ってちょうだい。本当にスリの犯行ならすでに売っている可能性はあるわ」

「承知しました」

「エトワール様。ご安心ください、必ず私が解決してみせますから」

感極まったようにエトワールが瞳を輝かせる。

「パトリツィア様」

明確に呼びかけてくる声が変わった。ハリのあるよく通る声音が、無人の客席に響く。エトワールはパトリツィアの正面に回り込むと、片膝を突くようにしてその前にしゃがみ込む。

片手は己の胸に。もう片方の手はパトリツィアへと差し出された。

それは、騎士が主へと忠誠を誓う姿勢によく似ている。

「あなたの優しさと献身《けんしん》に心からの感謝を。この俺に差し出せるものは、この身と愛のみ。どうか、受け取ってはもらえないだろうか」

「～～～～～～～～～～！」

そのセリフは『オリオンとアンドレア』の劇中で、オリオンがアンドレアに初めて愛を告げるシーンのものだ。

まさか、それが生で自分に向けて発せられるなんて。

真っ直ぐにパトリツィアを見つめるエトワールはなんの化粧《けしょう》もしていないし、服装だってそのままだ。だというのに間違いなく、オリオンに見えた。

これが本物の役者の力。

感動と衝撃でくらりと傾《かし》いだ身体は、背後にいたロルフによって支えられる。

大きな手がパトリツィアの肩をしっかりと抱きかかえてくれた。

「お嬢様。落ち着いていてください」

「これが、落ち着いていられるでしょうか」

ふうふうと浅い呼吸を繰り返しながらロルフの腕にもたれて、動悸《どうき》の収まらない胸を押さえる。

エトワールはパトリツィアの動作を楽しむようにクスクスと笑っていた。

「少しは喜んでもらえましたか？」

「供給過多ですわ……」

近づいてくるエトワールの眩しさに顔を逸らす。

真正面から見ていたら、魂が足りない。

だが、逸《そ》らした先にあったのは息がかかるほど近くにあったロルフの顔だ。

気が付けばまるで抱き合うような体勢になっていた。

「……！」

「……!!」

驚いて顔を逸らせば、再びエトワールの笑顔が出迎えてくれた。

「ふふ。パトリツィア様は可愛らしい方なのですね」

「からかうのはご遠慮ください。もう……」

なんとか落ち着きを取り戻そうと胸を押さえながらロルフの腕から離れる。

常に傍にいるとはいえ、ここまで接触したのは久しぶりかもしれない。

男性らしいがっしりとした体つきだとか、清潔《せいけつ》な香りだとか、こちらもなかなかに情報が多くて頭の中がぐるぐるする。

(私、どうしたのかしら)

自分の動揺がどこから生まれてきたものなのかわからず首を傾げていると、舞台袖から可愛らしい足音が聞こえてきた。

「エトワールお姉様、いったい何ごとですか？　客席が凄いことになってますわ」

「!!」

袖幕をかき分けるようにして現れたのは小柄な少女だった。

ふわふわと揺れるくすんだ金髪。こぼれ落ちそうに大きな目。ふっくらとした女性らしい身体を包むのは、瞳と同じ明るい緑色の服。

「アレンビー」

「アレンビー様!!」

エトワールの呼びかけと同時にパトリツィアが喜声を上げた。

「バンシア歌劇団の新たなる華、アレンビー様ではないですか。まあまあ私服姿もなんとお可愛らしい！」

「えっ、ええっ⁉　お客様？　が、なぜここに？」

アレンビーは大きな目をぱちぱちと瞬かせ、パトリツィアとエトワールを交互に見比べている。

その一挙一動はまるで人形のような愛らしさで、思わず頬が緩んでしまいそうだった。

「こちらはパトリツィア様とロルフ様です。私たちの窮状《きゅうじょう》を知ってお力を貸してくださったの」

「ごきげんようアレンビー様。私、バンシア歌劇団の大ファンですの。少しでもお役に立ちたくて」

「まあ！　私はアレンビーと申します。って、知ってますよね。うふふ」

にっこりと笑う笑顔は満開の花のような美しさだった。

太陽のような輝きに目がくらむ。

エトワールが月ならば、アレンビーは太陽だろう。

数刻までこの舞台でオリオンとアンドレアを演じていた二人が並んでいる。

この光景の尊さを何に例えたら良いのだろうか。

興奮冷めやらぬ中、パトリツィアとエトワールはここに至るまでの経緯をアレンビーに簡単に説明した。

「じゃあ、この劇場内の修繕はすべてパトリツィア様が？」

「ええ。紛失物が間違いなくこの場にないことを証明しなければ先に進めませんからね」

「何か見つかったんですか？」

「残念ながら。高価な品はほとんどありませんでした。やはり、何者かによる窃盗《せっとう》と考えるべきかと」

「そんな……」

しょぼんと肩を落としたアレンビーの目元に涙が滲む。

先ほどまで晴れ渡っていた空が、急に雨雲に覆われたようだ。表情一つでここまで雰囲気を変えられるなんて、と感心すらしてしまう。

「お姉様。やっぱりどう考えてもおかしいです。警察に言ってもっと調べてもらいましょう」

「アレンビー。前にも言ったけれど、警察は十分に協力してくださっているわ。これ以上、何をお願いするというの」

「でも、このままじゃお姉様が……！」

うるうると涙を浮かべるアレンビーがエトワールにすがっている。

そのただならぬ様子に、パトリツィアは先ほどエトワールが見せた逡巡《しゅんじゅん》の表情を思い出した。

「もしかして、他にも何か問題がございますの……？」

「いいえ」

「あります」

殆《ほとん》ど同時に二人が正反対の答えを口にした。

「アレンビー！」

「お姉様。どうして隠すのですか？　このままでは、お姉様は本当にこの劇団を去らなくてはならないかもしれないのに」

悲痛な声で叫ぶアレンビーの言葉に、パトリツィアはヒッと悲鳴を上げる。

エトワールがいないバンシア歌劇団。それは、ミルクの入っていないココアのようなものではないか、と。

「どういうことですの？　エトワール様が、劇団を去るなんて」

すがるような思いで問いかければ、アレンビーが大きな目をきっと吊り上げた。

「私たちになくした指輪の補償を迫っている貴族が、もし代金を支払えないのならばエトワール様に自分の劇団に移るようにと要求しているのです」

「まあ！」

まさかの新事実に驚いてエトワールを見れば、彼女は悔しそうに唇を噛んでいた。どうやら事実のようだ。

「失礼ですが、それはどなたですの？」

「マールド子爵様です。最近、この通りに新しい劇団を作ってずいぶんと羽振《はぶ》りが良いご様子で。私たちの舞台も、敵情視察なのか頻繁《ひんぱん》に見に来ていました」

「そして指輪をなくされた、と」

「はい。最初は補償のことなど言わなかったのに、突然、掌《てのひら》を返したようにお姉様に移籍を迫ってきたんです。そんなの横暴だわ」

「まったくですわ！　貴族の風上《かざかみ》にも置けませんわ！」

「そうなんです！　子爵家の劇団も、あまり評判が良くなくて……絶対にお姉様を渡したくないんです」

アレンビーはエトワールの腕にぎゅっとしがみつく。

まるで母猫に甘える仔猫だ。

「そんなことを言ってはいけないわ。何度も話したでしょう？　子爵様のおっしゃることは筋が通っている。私たちの不手際《ふてぎわ》で起きてしまった事件なのだから、精一杯のことはしないと。私が去ることで劇団が守れるなら本望なの」

「でも、でも……」

納得できないのは当然だ。実際、エトワールたちに非があるとは思えない。

「エトワール様。いったいいくら要求されておりますの」

「ええと……確か二千万ベルだったかと」

「二千万ベルですって」

「はい。とんでもない金額で……」

「本当にとんでもないですわ。私たちのエトワール様をたったの二千万ぽっちで買い上げようだなんて、許せませんわ」

「え？」

エトワールとアレンビーはピタリと動きを止める。

「あの、パトリツィア様？　いま、なんと……？」

「二千万ごときでエトワール様を手に入れるなど許せない、と申しましたの。マールド子爵は桁をお間違えなのではないかしら。エトワール様ほどの女優を手に入れるのならば少なくとも二億ベルは用意すべきなのに」

ふつふつと沸き上がる怒りを抑えきれず、パトリツィアはその場でパンと両手を叩く。

「ロルフ、馬車の準備を」

「どちらへ？」

「もちろん、マールド子爵家の劇場ですわ」

レッジ家の馬車は通常の馬車よりも一回り大きく、内部もゆったりとした造りになっている。

そのため、エトワールとアレンビーを同乗させても空間にはかなり余裕があった。

「こんなに立派な馬車に乗ったのは初めてです。クッションもふわふわですごいですね」

目を輝かせるアレンビーは、馬車の内装を興味深げに見回している。

その隣に座ったエトワールもまた、表情こそ涼しげだが、視線はエトワール同様に落ち着かない。

「パトリツィア様、本当によろしいのですか？　その、ここまでしていただかなくても」

「いいえ。窃盗《せっとう》事件《じけん》もですが、この件に関しても早急に解決しておかなくては。万が一、窃盗犯が捕まっても指輪が見つからなければ、エトワール様を無理矢理引き抜く可能性もあります」

「それは、そうですが……ところで、馬車を使って移動する必要が？　歩いてもそこまで距離はないと思うのですが」

バンシア歌劇団の利用している劇場と、マールド子爵が新築した劇場は徒歩で移動できるくらいしか離れてはいない。

それをわざわざ馬車で乗り付ける必要はないのでは、とエトワールは言いたいのだろう。

「確かに。通常の観劇であれば歩いて行くのがよろしいでしょうね。でも、これは交渉《こうしょう》なのです。交渉にはしっかりとした手順が必要なことをぜひ覚えておいてくださいませ」

「はぁ……？」

エトワールたちはぽかんとした顔になりつつも頷《うなず》いている。

「ところで、こんな時なんですが今日のお二人の舞台は本当に素晴らしかったですわ。私、泣いてしまいましたもの」

「それは嬉しいです。アレンビーが大変頑張ってくれたので、いい舞台になりました」

「ようやくお姉様と一緒の舞台に立てたのですもの。当たり前です」

ふん、と胸を反らすアレンビーは本当に可愛らしい。

「アレンビー様は、以前は別のお仕事に就《つ》かれていたとお聞きしておりますが、本当ですの？」

「ええ。この王都に近い小さな街の食堂でウェイトレスをやっておりました。そこに偶然、お姉様が現れて私に演劇をやってみないか、と声を掛けてくださったのです」

その時のことを思い出しているのか、アレンビーがうっとりと目を細める。

「知り合いに頼まれて、興業の手伝いに行っていたんです。ウェイトレスとして働くアレンビーに私は光を見ました。この子には、才能がある、と」

「まあ！　素敵ですわね」

「断られると思ったんです。劇団員と言っても、バンシア歌劇団はまともに食べていけるほどの稼ぎはありません。私をはじめ、ほかの団員たちは舞台の合間を縫っていろいろな仕事をしています。アレンビーにもそのことはきちんと伝えました。ですが……」

エトワールもまた当時を思い出したのだろう、ふわりと優しい笑みを浮かべる。

「次の日にはお店を辞めて、トランク一つで劇団に入れてほしいとやってきたんです」

「なんと！」

可憐《かれん》な見た目からは想像できない行動力に驚けば、アレンビーは恥ずかしそうに頬を染めた。

「私、実は天涯《てんがい》孤独《こどく》なんです。家族と呼べる人は誰もいません。ずっと居場所が欲しかった」

「……アレンビー様」

「お姉様が、私には才能があるとおっしゃってくれたことが本当に嬉しくて。お姉様のために、頑張りたいって思ったらいても立ってもいられなかったんです」

「その時の熱意溢れる瞳に、私はすっかり魅了《みりょう》されてしまいました。アレンビーはきっと素晴らしい女優になります。きっと私以上に。だからこそ、私はまだバンシア歌劇団を離れるわけにはいかないのです」

凛《りん》としたその表情に心臓がキュンと高鳴る。

じっとしていられなくなって、隣に座っているロルフの腕を思わず摑んでしまった。

「っ……尊いですわ。ロルフ、今のお話を聞きました？」

「聞いておりましたから揺さぶらないでください」

揺さぶらないでと言いながらもロルフの身体はびくともしない。

こんな素晴らしい場面を目の前にしつつも変わらない表情が、少しだけ憎らしい。

「ああ、素晴らしいですわ……！」

「お嬢様、お気を確かに。もうすぐ到着しますよ。ほら」

「あ……」

ロルフが窓の外を指させば、少し先に黒塗りの劇場が見えてきた。

馬車が動きを止めると御者が素早く馬車の扉を開け、タラップを設置する。真っ先にロルフが外へと降り立ち、パトリツィアへと手を差し出した。

「お嬢様、どうぞ」

「ありがとうロルフ」

劇場の正面に降り立てば、入り口に立っている執事服に身を包んだドアマンたちが恭しい仕草で頭を下げてきた。

「ようこそ、マールド劇団へ。今日は、どの舞台をごらんになりますか？」

「ごめんなさい。今日は観劇に来たのではないのです。こちらのオーナーに少々相談事がありまして。ご在籍かしら？」

ドアマンたちはパトリツィアの問いかけに顔を見合わせる。

「ええと……オーナーということは、子爵様へのお取り次ぎということでしょうか？　失礼ですがお約束は」

「特に。とにかく、マールド子爵様に客が来たとお伝えいただけないかしら？　パトリツィア・レッジが来た、とおっしゃってくだされればわかるはずよ」

「はあ……？」

ドアマンたちは首を捻《ひね》りながらも、パトリツィアの伝言を中へと伝えに行ってくれた。

それから数十分後。

パトリツィアたち一行は劇場の中にある豪勢な応接間に招かれていた。

壁紙や机を飾る装飾品のどれもが一級品であるのは間違いないが、全体的なバランスが取れていないせいか、どうも居心地の悪い空間に成り果てている。

室内はごてごてとした装飾品で飾られており、天井に吊るされたシャンデリアの光を受けてキラキラと輝いていた。

（これでは宝の持ち腐れね。美しくないわ）

がっかりした気持ちで室内を観察していれば、扉が勢いよく開いて一人の男性が入室してきた。

痩《や》せた神経質そうな男性は、やけに肌が青白く不健康そうだ。

ぎょろぎょろとした無遠慮な視線がパトリツィアたちに向けられる。

「これはこれは。本当にレッジ家のお嬢様ではないですか。直接お会いするのはこれが初めてですね。私めがマールド家当主でございます」

へらりと媚《こ》びた笑みを浮かべる男性が、どうやらマールド子爵らしい。

身に着けている服は高級そうではあるものの、やたら装飾品が多く重そうだ。

歩く度に胸に付けた飾りがじゃらじゃらと耳障《みみざわ》りな音を立てている。

「ごきげんよう、マールド子爵様。パトリツィア・レッジと申します。本日は急に押しかけてしまい申し訳ございません」

「めっそうもない！　パトリツィア様がいらしてくださったのならば、それだけで箔《はく》が付くというものです。後ろにいるのはエトワールじゃないか。それにアレンビーまで！」

マールド子爵はエトワールたちに気が付いたのか、大げさに声を上げた。

「やあやあ。まさか君たちから来てくれるなんて。ようやく心を決めてくれたんだね」

馴れ馴れしい口調で話しかけながら近づいてくるマールド子爵に、二人はびくりと身体を震わせる。

「いいえ。お二人は私に同行してくださっているだけですわ」

「パトリツィア様に？」

「はい。実は私、バンシア歌劇団の大ファンですの。これからもずっと、今のままの歌劇団を応援していたいと思っておりまして」

今のまま、という言葉に込めた熱量を察したのか、マールド子爵の身体がピクリと揺れる。

「それで本日は子爵様がなくされた指輪について少々お聞きしたくて参りましたのよ」

指輪、という単語にマールド子爵の口元がひくりと引きつったのが見えた。

「……とにかく、立ち話はなんですから、どうぞお座りください」

促され、やはり無駄に華美《かび》な装飾の施された椅子に腰を落とす。

エトワールたちは遠慮しているのか、壁際に立ったままだ。ロルフはいつものようにパトリツィアの後方で背筋を伸ばしている。

マールド子爵は一瞬だけロルフに目を向けるが、すぐにパトリツィアへと視線を戻した。探るような視線がパトリツィアの全身に突き刺さる。

「なにをお知りになりたいのかな」

「子爵様がなくされたという指輪についてですわ。なんでも二千万ベルの価値がある品だとか」

「そうなんですよ！」

よくぞ聞いてくれたと言わんばかりの勢いでマールド子爵が身を乗り出してくる。

「とても希少な石を使った指輪でしてね。とても気に入っていただけに残念で」

演技かかった仕草で首を振りながら、マールド子爵は上着の胸ポケットから一枚の紙を取り出した。そこには、繊細な指輪の絵が描かれている。

大きな石は確かに見事なカッティングだが、全体的なデザインに関しては品性《ひんせい》に欠けているとしか言いようがないものだった。

無駄に大きくゴツゴツしており、明らかにパトリツィアの趣味ではない。

「これが鑑別書の写しになります。石の価値が一千五百万ベル。台座の金が五百万。美術的価値を加えると、もっと跳ね上がるのですが……」

「なるほど。それで、子爵様はこの指輪の補償をバンシア歌劇団に求めておいでだとか？　落とし物の補償を請求するなど、本気ですの？」

「異なことを。私は指輪を失い、今度どうすればいいか弁護士や警察に相談したのですよ。その結果、歌劇団に補償を求めてもよい、という判断が出たのです。なにか問題が？」

本気で悪いとは思っていないのだろう。顔だけはにこにこと明るいのに、その目はまったく笑っていない。

指輪をなくしたことはかわいそうだとは思うが、それを逆手《さかて》にとってエトワールを求めようとするなど、想像以上に小賢しい人間なのだろう。

「なるほど。違法ではないのだから、何をやってもよい、と言うことですわね」

「さすがレッジ家のお嬢様。よくおわかりで」

「あら、お褒めいただいたのかしら。嬉しいですわ」

貴族らしい物言いといい態度といい、ずいぶんと面倒くさそうな相手のようだ。

パトリツィアを前にしてもまったく悪びれる様子がない。

「ご事情は承知しましたわ。大切な指輪をなくされたとのこと、さぞ残念でしょう。ですが、それを盾にエトワール様をご自分の劇団に引き抜こうとはさすがに行き過ぎではありませんか」

「そうでしょうか？　私が提示した条件は、指輪の代金をエトワールの移籍金として相殺。この劇団で活動する給金は別途支給するというものです。決して不当な引き抜きではありませんよ。なぁ、エトワール」

意外だとでも言いたげにマールド子爵はエトワールたちに視線を向けた。

「パトリツィア様も舞台をごらんになったのならばご存じでしょう？　エトワールは天才です。今はまだ知名度が低くとも、このまま成長すればココル、いや大陸一の女優として名を馳《は》せるでしょう」

「それは同意しますわ。エトワール様は素晴らしい女優ですもの」

「でしょう⁉　才能と類い希なる美貌《びぼう》。こんな逸材《いつざい》は他にいません」

「わかりますわ。わかりますわ」

「私が育てております劇団は、見目麗しい男性ばかりを集めております。そのおかげで、淑女の皆さんに大変ご好評をいただいていておりまして……そこにエトワールが加わればまさに鬼に金棒。収益も今以上になること間違いなしです」

「は……？」

「エトワールをあんな場末の劇団で終わらせるなんて私にはとてもできない。だからこそ、我が劇団に……」

「今、なんとおっしゃって？」

マールド子爵がぴたりと動きを止める。

「場末の劇団？　収益？　本気でそう思ってらっしゃるなら私と子爵様とは芸術性に対する見解の不一致があるようですわね」

バンシア歌劇団は素晴らしい集団だ。

今は未熟でもこれから成長して行く可能性を秘めた原石。

エトワールは確かに抜きん出て素晴らしいが、アレンビーをはじめとした優秀な俳優の卵たちが育ってきている。

ようやくこれから研磨《けんま》をはじめるという一番大切な時期に、中心的存在であるエトワールを失ったらどうなるか。

（そんなこともわからないなんて。この方は、芸術のなんたるかを本当にわかっていないようだわ）

「子爵様。指輪の代金は私がお支払いしますわ」

「……なっ」

「ですので、どうかエトワール様のことは諦めてくださいまし」

「なっ、い、いくらレッジ家のご令嬢とはいえ、それはあまりに横暴です。あの指輪はかけがえのないもので……」

「あら、その割りにはすぐに補償とおっしゃっていたではありませんか」

「それは」

マールド子爵が顔色を変える。

「ご安心ください。指輪の捜索は続けますわ。あの指輪はただ紛失したのではなく、盗まれた可能性が高いようですし」

「盗難ですと？」

「はい。先ほど、劇場内の清掃と補修は済ませましたの。一部の紛失物は見つかりましたが、子爵様の指輪や価値の高い貴金属については発見されませんでした。きっと、何者かが劇場の警備の穴を狙い盗みを働いているのだと思われます」

「なるほど。では、今後はレッジ家が捜査に乗り出すということですかな？」

「はい、大船に乗ったおつもりでお待ちください。ただ、なんの保証もないままでは子爵様もご不安でしょう？　バンシア歌劇団へ補償を求められている二千万ベルは私が代

わりにお支払いいたしますわ。もし指輪が見つかってもお返しいただかなくて結構です」

「なっ……⁉　に、二千万ベルですぞ⁉」

「ええ、たったの二千万ベルです。それでエトワール様の憂いが拭《ぬぐ》えるのならば安いものですわ。ロルフ」

「はい、お嬢様」

「子爵様に小切手をお渡しして」

「かしこまりました」

ロルフは懐から小切手とペンを取り出す。パトリツィアは小切手にさらりと数字を書くと、マールド子爵へと差し出した。

「どうぞお受け取りを。もしや、まだご不満でもございますか？」

「そ、それは……」

はくはくと口を開閉させるマールド子爵の顔は赤くなったり青くなったりと忙しい。

しばらくの間、エトワールとパトリツィアの間で視線を忙しなく動かしていたが、ぶるぶると指先を震わせながら小切手を受け取った。

「わかりました。他ならぬパトリツィア様のご提案です。これを無下《むげ》にするなど、私にはとてもできそうにないので従いましょう」

「おわかりいただけて何よりです。指輪が見つかれば、すぐにお知らせいたします」

「ええ。よろしく頼みますよ」

完全に納得しているわけでなさそうだが、逆らっても良いことはないとわかっているのだろう。

顔色を悪くしたまま小切手を懐《ふところ》にしまったマールド子爵は、ゆっくりと立ち上がるとエトワールたちの方へ歩み寄っていく。

「エトワール。私はあなたを諦めたわけではありませんからね。もし、その気があればいつでも移籍してきてください。もちろん、アレンビーも」

表面上は和やかな笑みを浮かべながら、彼女たちに触れようとする下心に塗《まみ》れた仕草《しぐさ》にパトリツィアが眉をひそめる。

そんなパトリツィアの感情を読んでいたかのように、ロルフがエトワールたちとマールド子爵の間に身体を滑り込ませた。

「わっ……！」

あまり体格の良くないマールド子爵は、ロルフに見下ろされる体勢になったことでごくりと生唾《なまつば》を飲み込み、怯えた表情を見せる。

伸ばしかけていた手は下ろされ、気まずそうに視線を逸らす姿は明らかに小物めいて見えた。

「子爵様。お気持ちは嬉しいのですが、私はバンシア歌劇団でこれからも頑張っていきたいと思っております」

「わ、私もです」

エトワールとアレンビーは揃って頭を下げる。

もう関わってくれるなときっぱりと告げているその仕草は凛々しくも美しい。

「だ、そうですわ子爵様。これ以上は、野暮《やぼ》というものではないでしょうか」

「……残念ですね。せっかくのチャンスだというのに」

マールド子爵は名残《なごり》惜しげな視線をエトワールたちに向けていたが、残念そうに首を振る。これ以上は無駄だと悟《さと》ったのだろう。

「今回はパトリツィア様のおっしゃるとおり身を引きましょう。お二方の今後の活躍を願っていますよ」

「ありがとうございます！」

「まあ、せっかく当劇場にいらしてくださったのですから、何か舞台を見ていってやってください。皆さまからは御代は取りませんので」

それだけ言うとマールド子爵はさっさと部屋を出て行ってしまった。

（拍子抜けね。もっと交渉してくるかと思ったのに）

手応えのなさを感じながらパトリツィアが立ち上がれば、エトワールとアレンビーがものすごい勢いで駆け寄ってくる。

「パトリツィア様！　なんとお礼を言ったら良いか」

「ありがとうございます！　これで、お姉様を失わずにすみますわ」

「当然のことをしたまでですわ」

「ですが、本当にどうお礼をしたらよいか。二千万ベルは必ずお返ししますから」

エトワールが申し訳なさそうに眉を下げる。アレンビーもまた、緊張からか顔を青くしつつもしっかりと頷いていた。

「よいのですよ。たったの二千万ぽっち」

「ぽっち、って」

二人は何故か顔を見合わせ、頬《ほお》を引きつらせていた。よほどお金を立て替えたことを申し訳なく思っているらしい。

「あら、もうこんな時間ですわね。そろそろお戻りになった方がよろしいのではなくて？他の団員の皆さんがそろそろ心配しているかもしれません。明日も舞台でしょう？」

空を見ればすでに夕暮れ時だ。

「本当だ。明日の打ち合わせもありますし、そろそろ失礼させていただきます」

「承知しましたわ。ああ、残念ですわ。本当ならすべての公演を見たかったのに」

「また見に来てくださるのですか？」

「もちろんですとも」

舞台『オリオンとアンドレア』は今日から二週間、毎日公演される予定だ。

本当はパトリツィアは全日程通うつもりだったが、明日から数日ほど領地に戻る予定が入っていたため、泣く泣くチケットを取るのを諦めていた。

「最終日には必ず。お二人の舞台をまた拝見できるのを楽しみにしておりますわ」

「ご期待に添《そ》えるようがんばりますね！」

「パトリツィア様は、この劇場で何か見て行かれるのですか？」

「ああ……」

先ほど、マールド子爵に誘われたことを思い出す。

どんな演目をやっているかは気になるが、見回した応接間はやはりどこも悪趣味で、正直なところパトリツィアの心は一切反応しない。

特に、これみよがしに宝石ばかりが展示されているショーケースは悪趣味の極みだ。

とはいえ、せっかく来たのだから少し覗《のぞ》いてみるのも悪くないかもしれない。

「そうね……少しだけ。何ごとも、この目で見ないと判断できませんし」

「それでは私たちは引き上げますわね」

「ええ。どうぞ、お二人もお気を付けて」

劇場のロビーでエトワールたちと別れたパトリツィアは、子爵自慢の舞台を見てから帰路に就いたのだった。

帰りの馬車の中で、パトリツィアはふうと短い息を吐いた

「さすがに疲れたわ」

「朝からずっとでしたからね。子爵の劇場は楽しめましたか」

「正直に言えば舞台はどうもピンとこなかったわ」

上演されていた演目は華やかではあった。

が、俳優たちは見た目を飾ることばかりに特化しているせいか演技や歌がおざなりで、どうにも心が震えなかった。

幕間に披露されたマジックの方がよほど見応えがあったくらいだ。

「雰囲気を出すためなのか、むやみと照明を落としているのも落ち着きませんでしたわ」

俳優たちの姿絵を販売するなど、意外にいろいろ工夫をしているようであったが、あんなに暗くては客も寄りつかないだろう。

なんだか疲労ばかりが蓄積した気がする。

「ロルフも大変おつかれさま。私からご褒美《ほうび》を……」

「結構です」

さらりとかわすロルフの表情は相変わらず素っ気ない。

しかし、夕日に照らされている端整《たんせい》なその顔の方が、よっぽど見ていて癒《い》やされる。

「そういえば、先ほどはエトワール様たちのことも庇《かば》ってくれたわよね。ありがとう」

「いえ」

「でも、珍しいですわね。ロルフが貴族相手に自主的に動くなんて」

行動してくれたのは嬉しかったが、ロルフはパトリツィアの護衛だ。

他の人間を率先して守ることは滅多にない。

あの場でマールド子爵がしようとしていたのは、せいぜい彼女たちの肩を叩くか握手《あくしゅ》を求めるくらいのことだったろう。

「俺は、貴族であることをひけらかして庶民に圧をかける人間が嫌いなだけです」

強い口調には苛立ちと怒りが滲《にじ》んでいた。

滅多《めった》に感情をあらわにしないロルフの珍しい姿に、パトリツィアは少しだけ息を呑む。

「……もしかして、アレンビー様のお話を聞いたから？」

膝の上で緩く握られていたロルフの手がピクリと震えた。

（アレンビー様の過去に、自分を重ねたのかしら）

すっかりと大人びた横顔に、出会った頃のロルフの影が重なる。

それは今から十年前のことだ。

当時七歳だったパトリツィアは、祖父に連れられ、国境付近の村を訪れていた。

その村は各地の流れ者たちが辿り着く、いわゆるスラム街のような場所で、正式な名前もなく地図にも載っていない村だった。

祖母を亡くしたばかりの祖父は、行き場をなくした愛情の矛先《ほこさき》として貧民たちへの手厚い支援を行うようになっていた。

その村には支援物資や、立ち直りを手助けする使節団を送り届けるのが目的で足を運んだと記憶している。

パトリツィアが祖父に同行したのは、偶然だった。

本来ならば両親と留守番のはずだったのに、二人とも急な仕事が入ったために、急遽《きゅうきょ》祖父と一緒に行くことになったのだ。

そこで、パトリツィアは一人の少年に出会った。

薄汚れた服を着て靴すら履いていなかった彼は、ごろつきたちに取り囲まれ酷い暴力を受けていた。

助けるべきかどうか迷ったのは一瞬だった。

伸ばし放題の長い髪の隙間から見えた少年の瞳に、パトリツィアは目を奪われた。

強い意志を秘めた、光り輝く黒い瞳。

その美しさに惹かれ、気が付いた時はごろつきたちと少年の間に立ちはだかっていた。

『お止めなさい!!』

もちろん、すぐにレッジ家の護衛が駆けつけてくれたためパトリツィアは無傷だったし、少年も怪我《けが》はしていたものの命に別状はなかった。

身寄りのない少年はごろつきたちに下《した》っ端《ぱ》としてこき使われながら生きていたらしい。

何故殴られていたのかと聞けば、老人からの盗みを命令されたが嫌だったから断った、と顔を酷く腫らした少年は当たり前のように答えた。

『俺は、力だけで他人をねじ伏せるやつが大っ嫌いだ』

真っ直ぐな言葉と瞳が、パトリツィアには眩《まぶ》しくてたまらなかった。

傍にいてほしい。

家族以外の誰かに、そう強く想ったのはきっとあの時が初めてだった。

『あなた、本当に綺麗』

自然と、その手を取っていた。

痩《や》せて傷だらけの小さな手は温かかった。

『私と一緒に王都に行きましょう!』

その言葉に少年が目を丸くしたことは今でもはっきりと思い出せる。

事情を知った祖父は、何も言わずにロルフを迎え入れることを承諾《しょうだく》してくれた。パトリツィアは王都の屋敷でロルフを磨き上げ、一緒に勉強やマナーを学んだ。

一年ほど寝食を共にし、本当の家族のように過ごした。

兄弟のいなかったパトリツィアにとって、ロルフは弟のような存在になった。

てっきりそのままずっと一緒に暮らすと思っていたのに、何故かロルフはレッジ家直属の騎士団に入ると言い出したのだ。

反対したがその意志は固く、結局パトリツィアは折れた。

それから二年間は別々の日々だった。

休暇の時ですら屋敷に戻ってこなかった彼のことを、実は今でも少し恨んでいる。

(こんなに立派になって)

あの頃からは信じられないほどに凛々しく成長したロルフの横顔に、パトリツィアは目を細める。

友人としてではなく、護衛として再会してからの七年間。

ロルフはずっと傍でパトリツィアを守ってくれている。

騎士団に入ったのも、力を身に付けるためだったのだと、今ならわかる。

優しく強く頼もしい、パトリツィアの大切な人。

「本当に優しいのね。さすがは私のロルフだわ」

「俺は、お嬢様の意志を尊重しているだけです」

＊＊＊

パトリツィアが領地から王都に戻ってきたその日、とんでもないニュースが飛び込んできた。

なんとバンシア歌劇団が借りていた劇場が火事になったのだ。

幸いにも団員、観客ともに怪我人はなし。

だが、客席の殆どが燃えてしまい、公演を継続することは不可能な状況。

――チケットをお持ちのお客様は払い戻しで対応いたします。

歌劇団からのお知らせが載った紙面を見たパトリツィアは、その場で卒倒《そっとう》しかけた。

「ありえませんわ！　いったいどういうことですの！」

新聞各社の一面には、人気急上昇中であるバンシア歌劇団の火災ついての記事が掲載されている。その殆どは事実だけを簡潔に綴《つづ》った内容だった。

昨日の公演直後、客席の中央から突然出火。原因は、劇場の床に埋まった冬用の暖房装置の劣化ではないかという推察がされていた。騒ぎになったせいで逃げる観客が転んで軽い怪我をしたそうだが、擦り傷程度で済んだらしい。

「おかしいわ。あの日、私は可能な限りの修繕をするように伝えたのに……ロルフ！」

当然のように傍に控えていたロルフもまた、訝《いぶか》しげな表情だ。

「修繕を担当した技師に確認したところ、あの時は配管に問題などなかったそうです。なにより今は夏。たとえ劣化してても使っていない装置から出火するとは思えません」

「そうよね……何かおかしいわ……ん？」

パトリツィアの目に留まったのは、小さなゴシップ専門紙だった。

普段は買わないのだが、バンシア歌劇団の感想などが投書されていることもあり取り寄せていたのを思い出す。

その一面は、やはり火災のこと。

問題なのはその内容だ。

――バンシア歌劇団は組織的な窃盗団《せっとうだん》か。続く紛失騒動。火災は騒ぎの隠蔽《いんぺい》のための自作自演⁉

「……！」

あまりに腹立たしすぎて声すら出なかった。

記事の中では、これまで起きていた貴金属の紛失がさもバンシア歌劇団が起こした悪事のように書き連ねられていた。

火事さえも、捜査の手が及んだことによる隠蔽工作であるかのように書かれている。

「ロルフ。今すぐ、この専門紙の版元に連絡を。記事を書いた記者に経緯《けいい》を確認してちょうだい」

「承知しました」

「紛失している品々の行方《ゆくえ》は？」

「こちらにまとめてあります」

「……なるほどね」

リストを見つめていたパトリツィアはすぐに立ち上がる。

「馬車の用意を。歌劇団の皆さまをお見舞いしなくては」

駆けつけた劇場は思ったよりも酷い状態ではなかったが、中に入ってみれば消火活動のせいかどこも水浸し。

客席はどうにもならないほどに焦げ臭い匂いが染みついていた。

団員たちはみな暗い顔をしており、緩慢《かんまん》な動きで片付けをしていた。

「エトワール様！　アレンビー様！」

煤《すす》に塗れながら道具を運び出していた二人の姿を見つけ、パトリツィアは駆け出す。

「パトリツィア様……！」

真っ先に声を上げたのはアレンビーだ。

大きな瞳いっぱいに涙を溜め、くしゃりと顔を歪めた。

となりに立つエトワールもまた、舞台で見せる凛々しい表情ではなく、切なく悲しげな微笑みでパトリツィアに頭を下げてきた。

「いったい、何があったのですか」

「それが……」

二人が語った内容は、ほぼ新聞各社が報じていたものと同じだった。

カーテンコールを終え、観客たちが帰ろうとしたその時、突如《とつじょ》として火の手が上がった。見る間に炎が燃え広がり、エトワールたちは観客を避難させるので手一杯。

ようやく消火に向かった時には、客席の殆どが燃えていたという。

「怪我人がいないのが不幸中の幸いです」

力なく笑うエトワールの痛々しい姿に胸が痛む。

「最終日を笑顔で迎えたかったのですが、無理そうです」

「っ、そのようなこと！　エトワール様たちがご無事だったのだからよいのです」

思わずその手を取れば、真っ白だった指先には沢山の擦り傷ができていた。

きっと、必死になんとかしようとしたのだろう。

表情にも疲労の色が色濃く出ている。

ワンダの贔屓であるクロエや、他の団員たちも同様だ。

「ロルフ」

「はい、お嬢様」

「今すぐ皆さんを我が家の別荘にお連れして、手当と休息を」

「承知しました」

「人を呼んで劇場の片付け、及び様子を見にいらっしゃるファンの皆さんへの説明をするように指示して」

「すでに手配しております。火災の原因についても、調査できる者を呼びました」

「完璧ね。さ、エトワール様たち、参りましょう」

「えっ⁉」

　エトワールたちがパトリツィアの発言に目を丸くして固まっている。

「そんな……パトリツィア様にそこまでしていただくわけにはいきません。お礼をしたくても、私たちにはもう何も……」

「いいえ。皆さんが笑顔で元気に生きていてくださることこそが、私の幸せなのです。どうぞ貢がせてくださいませ」

　エトワールの傷ついた手を労《いたわ》るように撫でながら、パトリツィアは微笑みを浮かべた。


　レッジ家の別荘にエトワールたちを送り届け、医者と食事の手配を済ませたパトリツィアは、ロルフを伴い再び劇場に戻ってきていた。燃えてしまった客席のありさまは悲《ひ》惨《さん》なもので、舞台袖にまで火災の名残がある。

「ここをこのまま使うのは無理ね」

「表には出ていないところにも影響が出ている可能性があります。安全上、厳しいかと」

「でしょうね。火元はどこかわかったのかしら？」

「中央にある客席です。真下に配管は通っていますが、そこから火が出たわけではないことは確かです。何者かが、配管の真上に火事の原因になる何かを置いたものかと」

「やはり誰かが意図的に起こした火災というわけね」

何度も足を運んだ大切な思い出の詰まった劇場の酷いありさまを前に、こみ上げてくるのは純然たる怒りだ。

エトワールたちがどれほど必死に頑張ってきたと思っているのか。

この場所に足を運ぶことをどれだけの人たちが楽しみにしていたと思っているのか。

「例の記事ですが、匿名《とくめい》の通報を元に書かれたようです。さも窃盗が事実であるような捏造《ねつぞう》された証拠が添《そ》えられていたこともあり、飛びついたようですね。ここ最近、あの専門紙は売り上げを落としていたので、話題が欲しかったのでしょう。明日の一面で謝罪文を掲載するように……」

「いいえ。必要ないわ」

「お嬢様？」

怪訝そうに眉を寄せたロルフに、パトリツィアは艶然《えんぜん》とした笑みを向けた。

「私、ちょっと思い付いてしまいましたの。ロルフ、頼めるかしら」

「承知しました」

「最高の舞台をするといたしましょう」

ぱんと両手を合わせれば、小気味のいい音が劇場のなかに響き渡ったのだった。

＊＊＊

火災から二週間。

真新しい劇場の前にパトリツィアは立っていた。

その横には、ぽかんとした表情を浮かべたバンシア歌劇団の面々が立ち尽くしている。

そびえたつ真っ白な大理石《だいりせき》で全面を覆われた劇場。

その正面入り口の中央には精巧《せいこう》な女神の彫刻がそびえ立っていた。

大きな石柱で囲まれた入り口は、まるで城のような風格だ。

広い踏面《ふみづら》の階段はゆるやかに傾斜しており、観客たちを優しく出迎えている。

「あの、パトリツィア様……これ、は」

「うふふ。私、はりきってしまいましたの」

「ええっと……？」

エトワールは必死に言葉を探しているらしい。

アレンビーは瞳を輝かせながら両手を組み合わせ、きゃあと素直な歓声を上げている。

「この劇場で、また舞台ができるのですか」

「もちろんですわ。火災で建物が駄目になってしまいましたので、急造ですが新しいものを作らせました。少々突貫工事でしたので、少し地味になってしまったのが残念です」

「地味、って」

本当ならば彫刻の細部には金箔《きんぱく》や宝石を使って、バンシア歌劇団の輝きにふさわしい造りにしたかったのだが、時間の関係でそこまで手配できなかったのが惜しまれる。

建材には最高級の大理石を用意したので、それなりの見た目にはなったと思う。

「あの彫像は知り合いの彫刻師に依頼しましたの。ええと、今の名前は何だったかしら」

「お嬢様、ブオナローティ殿です」

「ブオナローティ！」

悲鳴じみた声を上げたのはクロエだ。

「ブオナローティって、あのブオナローティ・Mですか？　稀代《きだい》の天才彫刻家。どんな高額な依頼をしても気分が乗らなければ小物一つ作らないという!?」

「ええ。素晴らしい技術を持っていたので、おじいさまの彫像を依頼したことがございますの」

街角の露店に並べられた彫刻の素晴らしさに目を留めたパトリツィアは、製作者の青年に祖父の誕生日祝いの彫像製作を依頼した。

その素晴らしい完成度が評判になり、彼は一躍《いちやく》有名になったのだ。

「モデルはもちろんエトワール様ですわ」

「わ、私ですか……」

「ええ。さ、中も見てくださいまし」

入り口を入って正面は巨大なホールになっている。

床には真っ赤な絨毯《じゅうたん》が敷き詰められており、壁面と天井はマーブル模様の大理石で覆われている。

ゆったりと広い受付カウンターの横には、パンフレットの他に俳優たちの姿絵を売るコーナーなどが備え付けられていた。

「当劇場のチケットはこのカウンターでのみ販売するようにしております。最初はどなたも買えますが、いずれは会員優先などのシステムも採用するつもりですわ。出入り口には警備兵を常駐させておりますのでご安心を。もう怪しい人物が勝手に入ってくることは不可能です」

「は、はぁ……」

「そしてこちらが舞台ですわ」

ホールの奥にある巨大な扉を開ければ、そこは数多くの客席と以前の倍ほどの広さのある舞台が広がっていた。壁にはいくつものボックス席が備え付けられていた。

「わあああああ！」

「すごい。こんな豪華な舞台、初めて見ました……」

「ふふ。舞台の奥には楽屋や小物部屋などがございます。以前の劇場で使っていらした小道具はすべて運び込んでおりますわ。衣装については、火事の匂いが染みついておりましたので新しいものを揃えさせました。靴や装飾品なども、私の趣味で用意しておりますのでお好きに使ってくださいな」

「お好きに、って……待ってください！　こんな、すごい劇場で舞台をやれと⁉　しかも衣装まで……いったいいくら掛かったんですか⁉」

エトワールたちの表情は驚きを通りこして軽く引きつっているように見えた。

「諸々含めて五十億ほどですから遠慮なさらないでください。突貫ということもあり、規模がそれほど大きくできなかったのが残念です」

「ごっ……えっ、ごっじゅう……⁉」

「本当ならばこの倍ほどの大きさにしたかったのですが、土地の大きさだけは変えられないので残念ですわ。元々のオーナー様も喜んでくださっておりますのよ。皆さまがまたここで舞台を続けてくださるなら、と快《こころよ》く売ってくださいました」

「買ったんですか！」

「はい。土地ごと」

ぐらりとエトワールの身体が傾ぐが、アレンビーがその身体をさっと支えた。

「お姉様！　しっかり！」

「パトリツィア様、あなたは、いったい……」

「ふふ。驚くのはまだ早いですわよ」

微笑みながら、パトリツィアは一枚のチラシを差し出した。

――バンシア歌劇団、華麗なる復活！　新劇場でのこけら落とし公演で「オリオンとアンドレア」再演決定！

エトワールたちは渡されたチラシとパトリツィアの顔を交互に見比べる。

「あの、これ、は……？」

「別荘で皆さまがずっと練習していたことは聞いております。その成果をこの舞台で披《ひ》露《ろう》してみませんこと？」

「えっ、ええええ……!!」

「初回公演は私が仕切らせていただきます。チケットのご用意から配布などはおまかせください」

「そんな、どうしてそこまで」

　エトワールがチラシを握る手を震わせながらパトリツィアを見つめた。灰色の瞳にはうっすらと涙が滲んでいる。

「私、エトワール様たちの舞台が大好きですの。どうか、最高の舞台を魅せてくださいませ」

「パトリツィア様……！」

「さあ、忙しくなりますわよ」

　バンシア歌劇団再興の知らせは歌劇街にとどまらず、国中で話題になった。

　火災からほんの数週間で再建された劇場の華やかな外観に興味を引かれた人も多かったらしく、公演全日程のチケットは即完売。

　再演期間前だというのに、追加公演まで決まってしまった。

　そして迎えた公演初日。

　報道各社も集まったことで、劇場は大変な賑わいだった。

　客席は満員御礼。身分の壁を超えた老若男女が表情を輝かせ、今か今かと上演を待っていた。

　パトリツィアは最も舞台に近いボックス席にロルフと共に座っていた。

「すごい賑《にぎ》わいですね」

「ええ、準備した甲斐《かい》があったというものよ。ああ、幕が上がるわ」

開演を告げるブザーが鳴り、幕が上がる。

歓声とともに最初の音楽が鳴り響いた。

これまではレコードで対応していたが、劇場を新築するにあたり舞台下にオーケストラピットを作ったので、今回からは生演奏である。

指揮者は場の雰囲気に合った絶妙な強弱で舞台全体の空気を盛り上げてくれていた。

「素晴らしいですわね。さすがは、王立楽団《おうりつがくだん》ですわ」

王立楽団は、王家主催のイベントや公的な行事での演奏を専門にする国内最高峰の楽団である。

パトリツィアが目をかけて育てた音楽家も多数在籍していることから、今回の依頼を受けてもらえたのだ。

「ああ、なんて素敵な舞台でしょう」

舞台ではパトリツィアが用意した衣装に身を包んだエトワールとアレンビーが、出会ったばかりのオリオンとアンドレアを演じている。

そのまばゆさに、会場の観客たちがうっとりと見蕩れていた。

順調に舞台は続き、とうとうラストシーンを迎えた瞬間、割れんばかりの拍手と歓声が客席を包んだ。

パトリツィアも立ち上がり惜しみない拍手を送った。

「ああ、素晴らしかったですわね」

「はい、お嬢様」

幕が下りても拍手は鳴り止まない。

カーテンコールの瞬間を皆が待っているのだろう。

まだ客席は薄暗いが、だれもが興奮した様子なのが伝わってくる。

だが、その余韻を壊すような耳障《みみざわ》りな声が突如響き渡った。

「大変だ、おれのカフスが消えたぞ！」

「俺のクラバット・ピンもだ！　盗まれた!!」

叫び声を上げたのは男性のようだ。立ち上がり、なにやらバタバタと暴れている気配が伝わってくる。

「やはりこの劇団が盗人集団というのは本当だったんだな！　この豪華な劇場も、盗んだ宝石を使って建てたんだろう」

「隠れてないで出てこい！　幕を上げろ！」

盗まれたと主張する男たち以外にも数名の客が立ち上がり声を上げはじめた。

糾弾の声に、会場がざわめく。

まさか、あれは噂では？

そんな声が歓声を打ち消していくのがわかった。

ざわめく彼らを見下ろしながら、パトリツィアはすっと立ち上がる。

「ロルフ」

呼びかければロルフがパチンと指を鳴らした。

その瞬間、劇場内の照明が一斉に点灯する。

突然の光に会場からは小さな悲鳴が上がった。

「ごきげんよう、皆さま」

呼びかけた声が劇場内に響き渡る。

男たちをはじめ、観客たちも動きを止め、パトリツィアがいるボックス席へと視線を向けた。

「私はパトリツィア・レッジ。この劇場のオーナーですわ」

オーナーという言葉に、立ち上がっていた男たちの顔色が変わる。

不思議なことに、その全員は若い男性貴族で、妙に真新しい服に身を包んでいた。

「カフスとクラバット・ピンが盗まれたとおっしゃるお二人は、どちら？」

「俺だ」

「それと、俺だ」

二人の男性がおずおずと手を上げた。列は違うが、どちらも通路側の座席に座っている。二人とも、視線を泳がせながらパトリツィアを見上げてきた。

「いつ紛失に気づいたのですか？」

「ま、幕が下りた時だ。帰《かえ》り支度《じたく》をしようと袖を見たら、カフスが……」

「俺もだ！　上演前は確かにあったんだ」

「カーテンコールがまだなのに、もう帰り仕度をされていたのですか？　ずいぶんと気が早いですわね」

「……それ、は。用事があって……」

「それに、灯りもないのになぜ盗難だと思ったのですか？　まずは灯りが点くのを待ってご自身の周囲を確認されるのが先ではありませんこと」

「ぐっ……」

男性たちはそれぞれに顔を伏せ、唇を噛む仕草を見せた。

「こ、この劇団が窃盗団という噂があっただろう。だから！」

「あら？　窃盗団という噂を信じていらっしゃるのに、わざわざ高価な貴金属を着けて観劇にいらしたの？」

「っ……！　噂だと思ったんだ。でも、実際盗まれた!!　それに、俺たちだけじゃないはずだ！　他の客の持ち物もきっと盗まれているに違いない!!」

まるで犬のように吠える男たちを見下ろしながら、パトリツィアは首を振る。

「それでは確認してみましょうか。少々お待ちくださいね」

「へっ……？」

「ロルフ」

「はい、お嬢様」

差し出された手を取ったロルフは、ふわりとパトリツィアを抱きかかえると、ボックス席から軽々と客席へ飛び下りる。

華麗な着地をきめたロルフの腕から下ろされたパトリツィアは、叫んでいた男性の前に立つとにっこりと微笑んだ。

「皆さま。持ち物を確認していただけますか？　なにかなくなった物はございまして」

パトリツィアの声かけに、観客たちがテキパキと身の回りを確認していく。

すると、指輪やイヤリング、タイピンなどがなくなっているという声が上がった。

「やっぱり！　きっと劇団員の誰かが、上演中にやったんだ」

「どうしてそう思いますの？　団員とは限らないではないですか」

「団員なら暗がりに紛《まぎ》れて……」

「私たちはずっと舞台にいましたわ！」

舞台の幕が上がり、ずらりと並んだ劇団員たちが客席を見下ろしている。エトワールやアレンビーが、怒り心頭という顔で男たちを睨み付けていた。

「この劇場の舞台は少々特殊な造りをしております。舞台と客席の間にはオーケストラがおりますから直接上り下りするのは不可能。客席に向かうには、一度舞台袖から楽屋《がくや》へ下りて入り口から中に入るしかありません。しかし、上演中は警護兵がおりますのでやはり扉を開けて中に入るのは不可能」

「ッ、じゃあ、客だ！　劇団員が客に変装して紛れてるんだ!!　とにかく、この劇場には泥棒がいるのは間違いない！　なんて酷い劇場だ！」

叫ぶ男にパトリツィアは盛大な溜息を零した。

舞台の上からは劇団員たちから盛大なブーイングの声が上がっている。

「そこまでおっしゃるのなら、お客様の身元調査をしましょうか」

「これだけの客の身元を調べると？　いくらオーナーとはいえ、そんな権限があると思っているのか」

「ええ、ございます。だって全員、我が家の使用人ですもの」

「…………は？」

「皆、壁際に並んでもらえる？」

「「はい、お嬢様」」

「！」

声を上げた男たち以外の客たちは、パトリツィアの言葉に行儀《ぎょうぎ》良《よ》く返事をすると、皆一斉に立ち上がり劇場の壁際にずらりと立ち並んだ。

客席に残されたのは、盗まれたと訴える男二人と、一緒になって騒ぎ立てていた男たち数人だけになる。

「なっ、なっ……きゃ、客じゃ、ないのか……?」

「いいえ。全員れっきとした観客ですわ。私の劇場なのですから、オープン記念にと我が家の使用人たちを全員招待しましたの。彼らがこの劇団と無関係なのは私が証明しますわ。それに、身に着けている衣装や装飾品は、この日のために私がボーナスとして贈ったものばかり。そんな彼らがどうして盗みを働くでしょうか」

「そんなっ、なんで、そんなことが……」

「初日のチケットはあえて一般販売しておりませんでしたの。あなた方、マールド劇団の皆さま以外にはね」

「!!」

男たちは一斉に顔色を変える。今にも倒れそうに足を震わせる姿は滑稽《こっけい》だ。

パトリツィアは初回公演のチケットをあえて一般販売しなかったのだ。

この劇場で観客と呼べるのは、ボックス席に座ったパトリツィアと交流のある女性客、そしてマールド子爵ご自慢の劇団員たちだけだった。

「子爵様の劇場で販売していたあなた方の姿絵を購入して、受付に置いておりましたの。

同じ顔の方がいらっしゃった時だけ初日公演のチケットをお売りするように、と」

あの日、パトリツィアはマールド子爵の劇場で売られていた看板俳優たちの姿絵をすべて買い上げていた。

よい絵師を使ったのだろう。とても繊細かつ精巧に彼らの顔が再現されていた。これだけは価値があるとパトリツィアは買い求めていたのだ。

こんな形で役立ってしまったのが残念だった。

「どうして俺たちを……！」

「子爵様の劇場であなた方の舞台を見ていて気が付きましたの。演技に関してはバンシア歌劇団の皆さまと比べるまでもありませんでしたが、あなた方が披露してくださったマジックは素晴らしかったですわ」

劇場で披露されたマジックは、ほんとうに巧妙でネタすらわからなかった。

「それにあの劇場の暗さ。あなた方があの暗さに慣れているのならば、上演中でも問題なく動けるのではないかと閃いたのです」

薄暗い中で身体を動かすことに慣れていなければ、盗みなど不可能だろう。

「一番の決め手は、応接間ですわ。子爵様がこれみよがしに飾っておられた貴金属の中に、紛失したはずのものによく似た指輪がございましたの」

「そっ、そんなの偶然だろ」

「いいえ。あれは間違いなく、あの日に盗難にあったはずの指輪でしたわ。あの指輪を購入できるのは限られたお客様だけ。子爵様が本当に買ったのかどうかなど、調べればすぐにわかることなのですよ？」

あの日、パトリツィアは応接間に飾られていた宝石の中に、ワンダがなくしたと訴えていた、ゲルラム宝飾店で限定販売されたイエローダイヤモンドの指輪があったのを見逃さなかった。

「盗んだその日だったから売らずに飾ったのでしょうが、どうせなら隠しておくべきでしたわね。他にも、紛失リストに書かれているものとよく似た品もありました。子爵様はずいぶんと迂闊《うかつ》な方のようね」

「っ、だから、なんで……！」

「火事が起きた日も、あなた方が劇場に来ていたのを覚えていた従業員がおりました。それ以外にも、紛失騒動があった日には必ずどなたかがいらっしゃった。毎回変装はしていたようですが、そのお顔ではずいぶんと目立っていたようですわね」

顔がいいというのは時折マイナス要素になるらしい。顔立ちのいい男性が頻繁に訪れれば、誰かの記憶に残るのも当然だろう。

「ぐっ……」

「子爵様はあの劇場を建てるのにずいぶん無理をされたそうですわね。しかし思ったより客足が伸びなかった。そこで、このバンシア歌劇団の花形であるエトワール様に目を付けたのでしょう。どうにかしてエトワール様を引き抜くために、盗難騒動を起こしたのですわね。あまつさえ、火事まで起こすなんて。貴族の風上にも置けませんわ！」

反論の余地《よち》がないのだろう、男たちが次々とその場に崩れ落ちていく。

だが、パトリツィアの一番近くにいた男だけは何やらぶつぶつと呟きながら、懐に手を差し込み、鈍色に光るナイフを取り出した。

「お前の、お前のせいだぁ！　うっ、うわぁぁぁぁ!!」

奇声《きせい》を上げながらパトリツィアに向かって走り出した男は、がむしゃらにナイフを振り回していた。だが。

「ぎゃあっ！」

男のナイフが宙を舞い、真新しい舞台の上に突き刺さった。

「お嬢様に傷一つでもつけてみろ。お前のその顔、切り刻んでやる」

男の鼻先にわずかに刺さっているのはロルフの剣先だ。

パトリツィアを守るように立ちはだかるその表情は鋭く、男はひぃと情けない声を上げその場にへたり込んでしまう。

「ロルフ、もう大丈夫よ」

「こいつはお嬢様に剣を向けました。ただではおけません」

「おやめなさい。せっかくの舞台が汚れてしまうわ」

「……承知しました」

不承不承《ふしょうぶしょう》なのを隠そうともせず、ロルフは剣先をゆっくりと地面へと向けた。

鞘に収める気配がないのは気になるが、大人しく従ってくれたのでよしとしよう。

「私に剣を向けたということは、罪を認めたということでよろしいのかしら」

すっかり意気消沈してしまった男はガクガクと頷くと、情けない声でここに至るまでの過程を語りはじめた。

「俺たちは元々スラム育ちでしたが、子爵様に拾われ劇団員になったのです」

子爵は自分だけの劇団を作るのが以前から夢だったそうで、スラム街育ちの彼らを拾い上げ劇団員として育てたという。

最初は、美男子ばかりを集めたことで注目を集め反応は上々。これはいけると判断したマールド子爵は歌劇街に土地を買い劇場を建設した。

「でもそれが失敗でした。お金を掛けすぎたのです。加えて、なぜかこの街では俺たちの舞台は通用しなかった。所詮《しょせん》は付け焼き刃。本物には勝てなかった」

男たちは、嫉妬と憧れの入り交じった表情で舞台に立つバンシア歌劇団の面々を見上げていた。

そこからの流れはパトリツィアが予想したとおり。

劇場を維持するお金を稼ぐため、彼らは視察に行った劇場で盗みを働くようになった。特にバンシア歌劇団の劇場は警備も手薄く仕事がやりやすかったそうだ。

それを知った子爵は彼らを咎《とが》めるどころか、指示を出すようになった。

「子爵様の指輪はなくなってなどいません。元より、エトワールを手に入れるための狂言でした」

「やはり」

ライバルであるバンシア歌劇団を潰し、花形のエトワールたちを手に入れる。すべては子爵の考えた計画だったのだ。

「しかし、あなたが指輪の代金を支払ってしまった」

エトワールを手に入れる機会を失った子爵は、焦るあまりにバンシア歌劇団の劇場に火を付けるという愚行に出た。しかも窃盗の罪までなすりつけようとした。だからあんなタイミングで専門紙に偽りの情報が記載されてしまったのだ。

「あのままバンシア歌劇団が潰れてくれればよかったのに、あなたが再び彼女たちに肩入れしてこんな立派な劇場まで」

「だから盗難騒動を起こしたのね」

「はい……うう……」

男たちはその場でボロボロと泣き出した。

「子爵様は俺たちをすくい上げてくださった恩人なのです。逆らうことなどできませんでした」

きっと彼らも葛藤や苦悩があったのだろう。

だが、罪は罪だ。

「あなた方のしたことは大罪です。下手《へた》をすれば死人が出ていたかもしれないし、誰かの人生が壊れていたかもしれない。それは自覚なさってください」

「パトリツィア様」

静かな声が、劇場内に響きわたる。顔を上げれば、舞台に立つエトワールがこちらをじっと見下ろしていた。

「彼らのしたことを許すことはできません。ですが、少しだけ理解もできます。何をしても舞台を、演劇を続けたいという思いが道を踏み外させてしまったのだ、と」

「エトワール様……」

スポットライトを浴び、聖母のような微笑みを浮かべるエトワールはどこまでも美しかった。

男たちも、どこか恍惚とした表情でエトワールに見蕩れている。

「あなたたちも、どうか舞台に立つ楽しみを見失わないでください。人生は長い。きっとこれからいくらだってやり直しができるはずです」

語りかける姿はもはや女神そのものだ。

「素晴らしいですわ！」

気が付けばパトリツィアは拍手をしていた。壁際に控えた使用人たちもだ。

断罪されたはずの男たちまで、舞台に立つエトワールに向かって拝むように手を合わせている。

その奇妙な光景は、通報を受け駆けつけた警察が到着するまで続いた。

その後、マールド子爵の劇場に捜索に入った警察により、売りに出されていなかった紛失物はすべて見つかった。子爵の指輪もだ。

マールド子爵は犯罪教唆《はんざいきょうさ》の罪で逮捕。

俳優たちも同様に逮捕されることになった。

すべてが明らかになったことで、バンシア歌劇団の知名度はさらにうなぎ登り。

『オリオンとアンドレア』はさらなる追加公演が決まったのだ。

＊＊＊

「今日で見納めかと思うと寂しいですわね」

夏期休暇最終日。

パトリツィアは彼女専用となったボックス席で、何度目かになるかわからない『オリオンとアンドレア』の上演開始を待っていた。

客席は今日も満員御礼。

明日も明後日もこれからも、ずっとこの光景が続くのだろう。

「本当によろしかったのですか？　この劇場をバンシア歌劇団に貸し出してしまって」

「もちろんよ。それに無料《ただ》というわけじゃないわ。このボックス席はずっと私だけの席なのよ？　こんな贅沢《ぜいたく》があるかしら」

パトリツィアはこの新劇場をバンシア劇場と名付け、エトワールたちにボックス席の永年予約権一つで貸し出すことを決めてしまった。

「本当は売店の売り上げも受け取っていただきたかったのだけれど」

マールド子爵を真似《まね》て売り出すことが決まった姿絵の売り上げに関しては、パトリツィア発案のものだからと、劇団に受け取りを拒否されてしまったことだけが口惜しい。

「お嬢様は人が良すぎます」

「いいじゃない。ほら、皆さまの幸せそうな顔を見て」

客席には上演を待つ観客たちが溢れていた。馴染みの観劇仲間たちや、婚約者を伴ったワンダが座っている。

「あの笑顔も、私にとっては推しなのよ。お金になんか代えられないわ」

誰かの幸せそうな笑顔は、そこにあるだけで心を豊かにしてくれる。

そして、一緒に見守ってくれる人がいることが、パトリツィアは何より嬉しい。

「ねえロルフ。また一緒に舞台を見に来ましょうね。来年も、その先もよ」

隣に座るロルフに微笑みかければ、切れ長の瞳がわずかに見開かれる。

「その先も、ですか」

「そうよ。私はずっとロルフと舞台を見に来たいわ。このボックス席で、私の隣に座っていいのはロルフだけ」

それ以外の誰かがここに座っている光景は想像ができなかった。

何も受け取ってくれないなら、せめて感激を共有してほしい。

時間や感動という形のないものならば、与えてもきっと拒まれないはずだ。

「だめ？」

これまで断られてしまったらどうしようと思いながら問いかければ、ロルフが小さく笑った音が聞こえた。

「はい、お嬢様。俺はあなたが望むかぎりずっとお傍におります」

優しい声に胸が詰まる。

嬉しいのに、少しだけ逃げだしたい。

「ありがとう」
ロルフの顔が見れなくなって、パトリツィアは舞台に視線を戻したのだった。

その後、バンシア歌劇団の評判は国内外に広まり世界的な劇団へと成長することになる。本拠地であるバンシア劇場は常に満員。売店の姿絵は飛ぶような売れ行きで、ほんの数年のうちにパトリツィアが劇場建築に掛けた費用を回収してしまうのだった。

第三話

美味しい食事はプライスレスですわ

ココル王国にも冬の足音が聞こえてきた。

日暮れが早くなり、頬《ほお》を撫《な》でる風は日増しに冷たくなる一方だ。

王都の外れにある小さなレストランで食事を終えたパトリツィアが外に出ると、空には星空が広がっていた。

「ずいぶん長居をしてしまったわね」

「馬車を呼んで参りますので、お嬢様は店内にお戻りください」

パトリツィアの肩に自分の外套《がいとう》をかけながら、ロルフが再び扉を開けようとする。しかしパトリツィアは小さく首を振る。

「とても良い気分なの。せっかくだから少し歩きましょう。すぐそこでしょう？」

馬車が待っているのは、角を曲がってすぐの広場だ。歩いても数分しかかからない。

今日は、パトリツィアが以前から贔屓《ひいき》にしていたシェフの一人がようやく自分の店を持てたこともあり、開店祝いも兼ねてディナーを食べに来ていた。料理はどれも美味しく、パトリツィアもとても満足していた。この余韻《よいん》をもう少しだけ楽しみたいほどに。

「しかし……」

夜道は危険だと言いたいのだろう。ロルフが困ったように周りを見回す。

「大丈夫よ。このあたりは治安もよいし、日が落ちるのが早いだけでまだそんなに遅い時間ではないわ。それにロルフもいるし大丈夫でしょう？」

ね？　と微笑《ほほえ》みかければ、ロルフはしかたないとでも言いたげに溜息を零《こぼ》した。

「わかりました。決して傍を離れないでくださいね」

普段は一歩後ろを歩いてばかりのロルフが、パトリツィアのすぐ横に並ぶ。

差し出された腕にそっと手を乗せ、並んで歩き出せば、満たされたお腹以外の場所がほんのりと熱を持つ気がした。

黒くシャープなシルエットの服を着ていることもあり見た目からはわからないが、触れてみればがっしりとした男性らしい腕をしているのがわかる。

出会った頃は痩《や》せた少年だったくせに、いつの間にこんなに大きくなったのか。

「そういえば、秋祭りの準備はどうなっているの？」

レッジ家では毎年秋になると、普段お世話になっている人たちを集めて盛大な催《もよお》しをするのが定番になっている。

つい数年前までは母が準備を担当していたが、学園に入学したことを期に、パトリツィアが準備を請け負っている。

「奥様から引き継いだ資料を基に、昨年同様の準備を進めております。明日には招待客のリストが完成するかと」

「まあ、完璧ね」

「食事の準備はいががいたしましょうか」

「我が家の料理人たちにまかせてもよいのだけれど……」

せっかくのお祭りだ。料理の準備で一日が潰れてしまうようなことになるのは申し訳ない気がした。

「どこに外注しますか？」

「そうねぇ」

有名レストランや高級ホテルに依頼すれば、祭り用の食事を用意してくれるだろう。

だが、それらは普段から食べていることもあり、物珍しさがたりない。

「お父様とお母様もお仕事を休んで戻ってこられるのだから、何か変わった催しをしたいわよね。おじいさまも、お身体の調子が良ければ来てくださるとは思うけれど……」

パトリツィアの敬愛する祖父は、数年前に足を痛めて以来あまり遠出をしたがらなくなった。

杖をついて歩く弱った姿を人に見せたくないのか、それとも隣に祖母がいないからなのかはパトリツィアにはわからない。

顔を合わせればいつも元気な笑顔を見せてくれるが、やはり心配だ。

さて何がいいだろうかと考えながら歩いていると、隣にいたロルフが歩みを止めた。

「ロルフ？」

何ごとかと顔を上げれば、ロルフが鋭い表情で少し先を睨み付けている。

視線を追えば、ほんの少し先の路地で二人分の人影が動いているのが見えた。

酔《よ》っ払《ぱら》いだろうかと目を凝らしていると、人影の片方がもう片方にしたたかに殴りつけられる。

どしゃりと音を立てて地面に転がったのは、ふくよかな体型をした中年男性だ。

右頬を押さえ、憐《あわ》れっぽい悲鳴を上げてその場から逃げだそうとしている。

その男性を追うように路地から走り出てきたのは、がっしりとした体格の男性。

何かを叫びながら拳を振り上げ、倒れた男性に再び襲いかかろうとしている。

「酔っ払いでしょうか」

「それにしては様子がおかしいわ。ロルフ、止めてあげて」

「しかし、お嬢様の傍を離れるわけには……」

「私《わたくし》は大丈夫。お願いよ」

ロルフはパトリツィアと男性たちを交互に見て、ぎゅっと眉間《みけん》に皺《しわ》を寄せた。

パトリツィアの意思を尊重したいが、見知らぬ誰かのために警護の任を離れるわけにはいかないと考えているのだろう。

職務に真面目なロルフに無理を言っている自覚はある。

だが、放置はできない。

目の前で人が殴られているのを見過ごすのは、気分のいいものではないのだから。

「彼らを止めるだけでいいから」

「……わかりました。決してそこを動かないでください」

言うが早いか、パトリツィアから離れたロルフが男性たちの方へ駆け出す。

あっという間に距離を詰め、拳を振り上げていた男性の腕を軽々と捻り上げた。

「なっ、なんだ……イタタタ……！」

情けない悲鳴がここまで聞こえてくる。

突然乱入してきたロルフに男性たちは驚きを隠せないようだ。地面に這《は》いつくばっている男性など、目を丸くして固まってしまっている。

取り押さえられている男性は、なんとか身をよじり逃げようと試みているようだが、無駄なあがきというものだ。

「ロルフ、そちらに行っても大丈夫かしら？」

呼びかければ、ロルフが座り込んでいる男性を一瞥《いちべつ》してから、小さく頷《うなず》く。

それを承諾と受け取り駆け寄れば、彼らの顔立ちをようやくはっきり見られた。

ロルフに腕を押さえつけられている男性は、がっしりとした体つきの割りには顔色が悪く、頬がこけていた。伸び放題の灰色の髪にはパサついており、落ちくぼんだ眼球は赤く血走っている。着ている服もあちこちすり切れて、ずいぶん長い間、着たきりなのが見て取れた。

方や地面に倒れ込んでいる男性は、ふくよかな体型に見合った血色の良い肌つやをしている。服装もお金を掛けているのがよくわかる。少しくすんだ赤毛をぴっちりと撫でつけているせいで、丸い顔が余計に強調されていた。

「路上で喧嘩《けんか》など、品性に欠けますわよ。よい大人がすることではありませんわ」

「小娘がわかったようなことを、痛い目を見たくなければ……イダタタタ……!!」

「お嬢様。この男、締めましょうか」

「そこまではしなくていいわ。そちらの方、お怪我《けが》はございませんか」

「あ、ああ……」

座り込んでいる男性に呼びかければ、彼は小さな目をぱちくりとさせてからのろのろと立ち上がる。

「助かりました。いやはや、殺されるかと思いました」

「ご無事で何よりですわ。警察をお呼びした方がよろしいかしら」

警察、という言葉に男性たちが同時にびくりと身体を震わせる。

「いえ、ご心配には及びません。ちょっとした意見の相違というものでして……」

「なにが意見の相違だ！　グラニト！　俺は絶対に許さんぞ！」

「ピット……お前はもう諦めろ。これ以上あがいたところで、損をするだけだぞ」

「ぐっ……！　ええい、離せ！」

ピットと呼ばれた男性は全身を震わせ暴れ出す。

「おい。このままだと、腕が折れるぞ。じっとしていろ」

「離せ離せ!!」

尋常《じんじょう》ではない暴れように、さすがのロルフも対処に迷っているのがわかる。

周りを見回せば、騒ぎを聞きつけたのか沢山の人々が集まりはじめていた。パトリツィアたちが呼ばなくとも、誰かが警察に通報した可能性もある。

「ロルフ、離してあげて」

「ですが」

「大丈夫だから」

少しの逡巡《しゅんじゅん》ののち、ロルフは拘束の腕を解いた。取り押さえられていた男性は暴れていた勢いのまま、地面に倒れ込むと赤毛の男性をぎろりと睨み付ける。

「覚えておけ。この×××め！」

後半の言葉はココルの公用語ではなく、異国の言葉のようで意味を理解できなかった。

ピットはのろのろと立ち上がると、パトリツィアたちに恨《うら》めしげな視線を向け、腕を押さえるようにしてその場から走り去っていってしまった。

「やれやれ……アイツには困ったものだ」

はぁと演技がかった溜息を零しながら、服の埃《ほこり》を払った赤毛の男性は、パトリツィアたちにへらりとだらしのない笑みを向けた。

「お見苦しいところをお見せしました。どうもありがとうございます。私はグラニト・ベンハースと申します。お嬢様と、騎士殿、ですかな？　本当に助かりました」

首だけを器用にぺこぺこ上下させる姿は、どことなく鳥の動きに似ている。

「私はパトリツィア・レッジと申します。こちらは私の護衛のロルフ・シュタレインですわ」

「レッジ……まさか、あのレッジ家の……？」

「はい。私の父はレッジ家の当主ですわ」

グラニトは小さな目をカッと見開くと、艶《つや》やかな顔をさらに輝かせた。

「なんという幸運か。あのレッジ家のお嬢様に助けていただけるとは。いや～こんな偶然があるとは思いませんでした。まさに怪我の功名ですな」

先ほどまで襲われていたとは思えない明るい口調でグラニトが話しかけてくる。

その勢いに思わずパトリツィアが後退《あとずさ》れば、ロルフが庇《かば》うように一歩前へと進み出た。

「お嬢様にそれ以上近づくな」

威嚇《いかく》するような低い声に、グラニトは動きを止めた。

てっきり怯えるなりするかと思ったのに、想像に反して特に慌てる様子もない。

むしろ、道化《どうけ》のように両手を小さく挙げ降参のポーズを作ってみせている。

「ああ、興奮のあまりご無礼《ぶれい》を」

「……あなた、いったい何者ですの？」

襲われていたことや、パトリツィアのことを知っているような口ぶり。

それにロルフを前にしても動じない豪胆《ごうたん》さ。ただの一般人とは到底思えない。

「ああ！　重ねて失礼を！　自己紹介が遅れました。私、こういう者でございます」

グラニトはジャケットのポケットから一枚の名刺を差し出した。

「……『美食家』……？」

「はい。私は美食家のグラニト。どうぞお見知りおきを」

分厚い唇の両端を吊り上げたグラニトに、パトリツィアはさてどうしたものかと小首を傾《かし》げたのだった。


そのまま路上で話し続けるわけにもいかず、パトリツィアたちはグラニトを伴いレストランへと戻ってきていた。

事情を知った店主は、奥の個室を快く貸し出してくれた。

「それで、美食家とはどのようなお仕事をされていますの？」

大きなテーブルを挟んで向かいの席に座ったグラニトに問いかければ、彼は再びへらりとした笑顔を浮かべる。

「文字通り、美食を楽しむのが仕事です。少しでも話題の食品があれば駆けつけ、それを食べて味を評価します。新聞や雑誌などに記事を寄稿《きこう》することもありますね。他には、催しに合わせた食事の相談なども承っております」

「まあ。そんなことを」

「元々食べることが大好きで、それでこのような体型になってしまいました。ははは！」

わざとらしく自分の腹を叩くグラニトは、自分を卑下《ひげ》するような言葉を使いながらも、己の体型に自信を持っているように見えた。

それからも、グラニトは自分がこれまでどんな活動をして、いかに脚光を集めてきたかを語りはじめた。

そのうちのいくつかはパトリツィアも耳にしたことがある内容だったし、彼が薦める店は確かに有名で美味しい場所ばかり。

（不思議な方ね。摑み所がないというか）

語っていることの大半は嘘ではないのだろう。

だが、どうにもうさんくささが滲《にじ》み出《で》ている。

「お嬢様」

後ろに立っていたロルフが小声で呼びかけてくる。

声音に交ざるのは、明らかな苛立《いらだ》ちだ。

早く帰るべきだという圧を感じて、苦笑いしたくなった。

先ほど知り合ったばかりの人間と個室にいるのだ。

護衛であるロルフは気が気でなくて当然だろう。

「あなたの経歴はわかりましたが、先ほどの男性とはどのような関係ですの？」

パトリツィアがわざわざ彼に付き合っているのは、先ほどの騒動の理由が知りたかったからに他ならない。

関わってしまった以上、ある程度の事情を聞いておかなければどんなトラブルに巻きこまれるかわかったものではない。

「そうでした。先ほどの男はピット・メルツと言いまして、私とは一時事業提携をしていたのです」

「事業提携？」

「はい。ピットはああ見えて腕の良いシェフだったのです。私は彼に店を持たせてやりたくていろいろと試行錯誤したのですが、しかしこればかりは運もあり、彼の店は潰れてしまいまして」

「それは残念でしたわね」

よくある話だ。どれほど腕が良くても、新しい店が軌道に乗るかは様々な要因が絡む。

努力ではどうにもできない運というものは実際にあるとパトリツィアは思っていた。

「私も申し訳ないことをしました。代わりに、有名ホテルの厨房《ちゅうぼう》を紹介したのですが、そこが不満だったようで……」

参った参ったと言いながら、グラニトはピットに殴られた頬を撫でてみせる。

「実は、今日はこの店に来るつもりだったのです。開店前から話題になっていましたからね。ピットは私がこの店に来ると考え、近くで待ち構えていたようです」

「それは大変でしたわね」

「まさかこの店の成功の立て役者であるパトリツィア様にお会いできるとは思いませんでした。しかも、店主にご紹介までしていただけるとは。私は本当に運がいい」

快活に笑うグラニトの表情には自信が満ち満ちていた。

彼は自分の強運を信じているのだろう。

正直、好ましいとは思えないが、その強気は見ていて清々しいものがある。

「これも何かの縁。どうぞご贔屓にお願いいたします。もし、なにか食にまつわる相談があればぜひ、御用命を」

「ええ。もし何かあれば相談させていただきますわ」

「……」

そろそろ話を切り上げなければ、後ろに控えているロルフの堪忍袋《かんにんぶくろ》の緒《お》が切れそうな気がする。

（事情はわかったし、これ以上は無駄な時間のようね）

グラニトが食に通じていることはわかったが、これ以上の関係を築きたいとは思えないものがあり、パトリツィアは腰を浮かせる。

「それでは私たちはこれで失礼いたしますわ。そろそろ戻らなければなりませんので」

「お引き留めして申し訳ありません。重ね重ね、本当に助かりました」

「いいえ、お気になさらず」

助けようと思ったのは、食事の余韻を台なしにしたくなかったからだとは言わず、パトリツィアは静かに微笑《ほほえ》む。

「ごきげんよう、グラニト様」

どっしりと座ったままのグラニトを残し個室を出れば、ロルフのじっとりとした視線が後ろ頭に突き刺さるのを感じた。

「お嬢様。言いたいことは沢山ありますが、とにかく屋敷に戻りますよ」

「わかっているわ」

「馬車はもう店の前に付けてあります。散歩をしたいなどは言わないでください」

「わかりましたから！」

お小言モードになったロルフに従いながらレストランをあとにする。

まさか、その翌日にグラニトから食事会への招待状が届くなど、この時のパトリツィアは夢にも思っていなかった。

＊＊＊

ココル中央駅。

国内を走る鉄道列車すべての起点となる駅ということもあり、今日も沢山の人々で賑《にぎ》わっている。

最も奥まった場所にある十番ホーム。学園の制服に身を包んだパトリツィアとロルフは停車している列車を見上げていた。

柔らかな栗色の塗装が施された車両には金色の塗料で蔦柄の模様が描かれており、燦《さん》然《ぜん》と輝いていた。

車両は三両とずいぶんと短いが、役目を考えれば十分なのかもしれない。

「これが噂の『食堂列車』ですのね」

食堂列車と呼ばれるこの列車は、その名の通り列車が食堂の機能を備えたものである。

長距離を運行する列車に食堂車両がついていることは珍しくないが、この列車は本当に食事をすることに特化している。

機関部である先頭車両、二号車は食料庫と厨房、そして三両目は食堂になっており、景色を楽しみながら食事が楽しめるという趣向《しゅこう》だ。

「まさか、この列車の持ち主がグラニト様だったとは驚きですわね」

グラニトに遭遇《そうぐう》した翌日。学園から帰宅したパトリツィアに執事が一通の手紙を差し出してきた。最高級の羊皮紙でできた手紙を開封すると、それはグラニトからの食堂列車への招待状だったのだ。

――昨日はろくなお礼もせず失礼しました。感謝の証として、ぜひ我が食堂列車のプレオープンに招待させてください。

なんでも、擬似的に食堂列車の体験会をするのだという。行程《こうてい》は中央駅から少し離れた場所にある整備工場まで走り、また戻ってくるという短いもの。

食事もフルコースではなく、前菜とメイン、それにデザートだけ。料理を振る舞ってくれるのは、グラニトが異国から連れてきたシェフだという。

「不思議な縁ですわよね」

何を隠そう、パトリツィアはこの食堂列車に少し注目していたのだ。

乗車券が販売されたらぜひ購入しようと意気込んでいたくらいだ。いったいどんな車両なのか。食事は美味しいのか。想像するだけで少しわくわくしている。

「お嬢様。俺はやはり不安です」

だが、少し浮かれているパトリツィアとは反対に、渋い顔をしたロルフが車両をじっと睨み付けている。

今日ここに来るまでの間も、何度となく帰るように進言してきた。

普段、滅多《めった》なことではパトリツィアの選択に反対しないというのに珍しいこともあるものだと、パトリツィアは驚いていた。

「いったいどうしたのロルフ。あなたらしくもない」

「列車は動き出してしまえば逃げ場のない密室です。何かあった時のリスクが高すぎる」

「そのことなら大丈夫といったじゃない。速度は通常の半分以下だというし、運行ルートも一本道よ。何も起こるはずがないわ」

「ですが……あの男、どうにも信用できない」

「グラニト様の経歴はそう問題なかったのでしょう？」

「それは、そう、なのですが……」

歯切れの悪い返事に、パトリツィアは苦笑いを浮かべる。

招待されたこともあり、情報部にグラニトについて調査を依頼したのだ。

もし、詐欺師の類《たぐ》いならばこの招待はパトリツィアを誘拐するなり危害を加えるための巧妙《こうみょう》な罠の可能性もあったからだ。

結果はシロ。少々強引なやり口でいろいろな事業に絡んでいることはわかったが、企業家としては特段珍しい話ではない程度のものだ。

経歴も、誇張表現こそあれ、嘘ばかりではなかった。

確かに、どこか軽薄な口調とだらしのない笑みなど、パトリツィアとてうさんくさくは感じている。しかし、今のところ具体的な被害も出ていないし、お礼だという誘いを断るほどの理由もない。

貴族である以上、ある程度清濁併《せいだくあわ》せ呑《の》むような付き合いも必要な時がある。

「食事をするだけですし、そう心配しなくても大丈夫よ」

「だといいのですが」

ロルフの表情はどこか不安げだ。何か気がかりなことがあるのだろうか。

（こんな顔を見るのは、初めてかもしれないわね）

「そんなに心配なら、今からでも帰りましょうか……？」

いずれ時が来れば、正式な運行が始まりチケットを入手することができるようになるだろう。乗り込むのはその時になってからでも遅くはない。

（ロルフにこんな顔をさせてまで、乗る必要があるのかしら）

せっかくの機会だからと招待を受けたはいいが、まさかここまでロルフに嫌がられるとは思わなかった。

何か明確な理由でもあるのだろうかと聞いてみたが、曖昧《あいまい》な表情を浮かべるばかりではっきりとしたことは言ってくれない。普段のロルフならば考えられないことだ。

普段も散々我儘《わがまま》を言っている自覚はあるが、困らせたいわけではない。ロルフに嫌われるくらいなら、ここで帰ったって後悔はない。

「……いえ。余計なことを言いました」

不安を振り払うように緩く首を振ったロルフは、いつもの凛々しい表情でパトリツィアを見つめてくる。

「ただし、何かあれば必ず俺の指示に従ってください」

「ええ、わかったわ」

そうこうしていると、列車の扉が開き発車準備が整ったことを知らせる車掌《しゃしょう》の声がホームに響いた。

パトリツィアたちの他にも、数名の乗客が招待されているようで、ホームには正装に身を包んだ貴族たちがちらほらと集まっている。

年齢層は高く、一番若く見える貴族でもパトリツィアの父より年上だろう。

「あら、あちらは食通で有名な男爵《だんしゃく》様ね。あちらもホテルを経営している子爵《ししゃく》様だったはずよ」

「プレオープンということもありそうそうたる顔ぶれ、というところですね」

「これで評判になれば、運用開始に弾《はず》みが付きますからね。皆さま、社交的な方ばかりですからきっとあちこちで評判を広めてくれるでしょうし」

影響力重視で客を選んだのがよくわかる。

パトリツィアのことも、招待の名目は先日の礼だと言っていたが本当のところはどうだかわからない。

「私は食事を楽しむまでですわ」

車掌が案内を開始したこともあり、客たちはそれぞれに車両に乗り込んでいく。パトリツィアもロルフを伴い、三両目に足を踏み入れた。

車内は仕切りのない広々とした造りになっており、左右の窓際に四人がけの座席が作り付けられている。

「まあ、広いのね」

高い天井には青空を模した絵が描かれていた。

凝《こ》った趣向の内装に感心していれば、二両目との結合部分のドアが開いた。

「皆さま、ようこそお越しくださいました。我が食堂列車へようこそ」

緋色のスーツに身を包んだグラニトが、満面の笑みを浮かべながら現れる。

その後ろには黒い服に身を包んだ男性たちが数名付き従っていた。グラニトは他の乗客に挨拶をしながら、パトリツィアたちの方に近づいてきた。

「招待に応じてくださりありがとうございます」

「こちらこそ、お招きどうもありがとうございます。とても素晴らしい内装で驚きました。想像以上ですわ」

「細部にまでこだわって作り上げましたからね。これは、私の最高傑作ですよ」

自慢げに胸を反らしながら、グラニトは壁紙や絨毯《じゅうたん》に至るまであちこちのこだわりについて説明をはじめた。

内装を手がけたらしい作家や工房の名前はパトリツィアも耳にしたことがあり、かなりの手間暇と時間、お金を掛けてこの列車を作ったのがわかった。

他の乗客たちも、興味深そうに話に聞き入っている。

「すばらしい発想ですわね」

「私も、これを思い付いた時には鳥肌が立ちましたよ。いやはや、本当にいい買い物をしました」

へらりと笑うグラニトは、パトリツィアたちをそれぞれの席へと案内した。

今日に限ってはロルフは隣ではなく正面の席だ。

列車に乗り込む前の不安げな様子はすでに欠片もなく、いつも以上に冷静な表情で周囲を確認している。

全員が着席すると、中央に立ったグラニトがまるで役者のようにかしこまったお辞儀をしてみせた。

「それでは発車いたします。皆さま、短い時間ではありますが、ごゆるりとお楽しみください」

汽笛《きてき》が鳴り響き、列車が緩やかに動き出す。

窓の外の景色がゆるゆると流れ、だんだんとその速さを増していく。

「通常の運行より少し速度を落としております。なにぶん、整備工場まではそう遠くありませんので」

器用にも片目をつぶっておどけてみせるグラニトの仕草に、乗客から笑い声が上がる。

車輪がレールを削るリズミカルな音と相まって、和やかでよい雰囲気だ。

ちらりと正面を見れば、ロルフもまたグラニトの話を静かに聞いていた。

いつもと変わらぬ表情から、感情を読み取ることはできないが、少なくともそこまで不愉快《ふゆかい》さを感じてはいなそうで安心する。

「実際の行路では、しばらく景色を楽しんでいただいたあとに前菜からお出しすることになります。前菜のあとはスープ、魚料理とメインを出していくのは普通のレストランと変わりません。料理はもちろん、二両目でシェフが作っておりますので温かな状態でお届けできますよ」

なかなかに趣向が凝らされているらしい。よどみない口調で語る姿は堂に入っており、すでに何度となく場数を踏んでいるのがわかる。

「今日は前菜とメインの肉料理のみになってしまうことをお許しください」

グラニトが手を叩くと、二両目に繋がる扉が開く。すると、上品なデザインの衣装に身を包んだ配膳係の女性が銀色のカートを押しながら現れた。その上には可愛らしい小皿に載った前菜が乗せられている。

黒服の男性たちと共に小皿はあっという間に各テーブルに配られた。テキパキとした動きに無駄はなく、彼らがかなり厳しく指導されているのがわかる。

「どうぞご賞味ください」

テーブルに置かれた前菜は見るからにみずみずしい色鮮やかな野菜が使われており、盛り付けは見事。見た目だけならレッジ家の料理に引けを取らないかもしれない。

食前の祈りを捧げ、フォークを手に取りソースの掛かった葉野菜を口に運ぶ。シャキシャキとした歯触りは小気味よく、ソースにはほどよい酸味があって口の中をさっぱりとさせてくれる。

「おいしいですわ」

「ありがとうございます」

パトリツィアに続き、他の招待客たちも次々に料理を褒め称えはじめる。それに気を良くしたのか、グラニトはいかにこのサラダが素晴らしいものなのか、とうとうと語りはじめた。

「野菜は、契約している農家から毎朝取り寄せているので新鮮さが売りです。ソースは特別製ですよ」

「列車の中だというのにほどよく冷えていて不思議だわ。どうやっているのかしら」

「それは企業秘密です」

「まあ、お人が悪い」

「申し訳ありません、こればかりは。さて、それでは次にまいりましょう」

上品なマダムと会話をしながら、グラニトは再び手を叩いた。

二両目の扉が開き、カートを押しながら配膳係の女性たちが入ってくる。

その瞬間、車内になんとも言えない香りが漂《ただよ》う。

「お待ちかねのメインでございます。希少な部位を使ったステーキです。こちらもソースはオリジナルとなっております」

ほどよい焼き色の付いた肉料理には、真っ赤なソースがかかっていた。

ナイフを押し当てるだけでほろりと崩れるほどに柔らかな肉質に驚いてしまう。

あふれ出る肉汁は艶やかだ。一口大に切り分け、口の中に運べば体温で溶けるように消えていく。あとに残るのは、濃厚なソース味と、甘い肉の余韻だけ。

「とても上質なお肉を使っていらっしゃるんですね」

しみじみと呟けば、各テーブルを回っていたグラニトがいそいそと近づいてきた。

ほかの客からも褒められたのだろう。眦《まなじり》を下げた満足げな表情を浮かべている。

「素材にはとてもこだわっております。列車という奇抜さだけで勝負することも考えましたが、味を追求してこそ食堂ですからね。お客様方には非日常をしっかりと堪能していただきたいと考えまして」

「すばらしいですわ」

パトリツィアは素直に感心していた。

伊達や酔狂でここまでのクオリティの商売を作り上げることは難しいだろう。

グラニトという人物に抱いていたわずかな偏見がするりと解けていくようだった。

目の前に座るロルフに目を向ければ、彼もまた食事の美味しさに少し毒気を抜かれているらしい。

グラニトに向ける視線が、少しだけ優しくなった、気もしなくもない。

「流れる景色を見ながらの食事がこれほど楽しいとは思いませんでした。これならば、きっと沢山のお客様が喜んでくれると思いますわ」

「パトリツィア様にそう言っていただけるのならば間違いないですな！」

グラニトは身体を揺らしながら笑う。

「デザートは整備工場について、折り返してからの配膳になります。それまではどうかゆっくりと景色をお楽しみください」

そう言いいながら、グラニトは二号車へ続く扉に手をかけた。

「私は厨房の確認に行って参りますので、何かあれば呼び鈴を鳴らしてください……わああぁっ！」

それは、本当に一瞬の出来事だった。

開いた扉の隙間から、大きな腕が伸びてグラニトの襟《えり》を摑《つか》んだのだ。間抜けな悲鳴が車内に響き、先ほどまでの良い雰囲気が一気に緊張に染まる。

「な、なんで、お前が！」

憐れっぽい叫び声を上げながら、グラニトがジタバタともがく。

だが、彼を捕まえた腕の主はその巨体をくるりと反転させると、腕で首を絞めるようにして背後から拘束してしまう。

「お前が俺のものを盗るからだ‼」

グラニトを押さえ付けながら叫ぶ男には見覚えがあった。

乱れた髪、落ちくぼんだ目、がっしりとした体格にそぐわぬこけた頰。

「あなた、あの夜の……」

それは、グラニトに殴りかかっていた男だった。

ピットという名前だったろうか。

（どうしてここに。いつから乗っていたの？）

驚きすぎて咄嗟《とっさ》に動けないでいると、ロルフがすぐさま立ち上がり、パトリツィアを守るようにその前に立ちはだかる。

「お嬢様。決して俺から離れないでください」

「……わかったわ」

努めて冷静な声で返事をしながら、パトリツィアはグラニトたちを観察した。

ピットはグラニトを拘束しながら、懐からナイフを取り出す。短いが鋭そうなその切っ先が、グラニトのふくよかな腹部を狙うように振りかざされる。

「ひぃ！　こ、殺さないでくれ！」

憐れっぽくも情けない声を上げ、グラニトは身体を震わせる。

助けを求めるように周囲に視線を向けるが、席に着いた招待客たちは引きつった表情を浮かべ、その場に固まってしまっているし、配膳係の女性や黒服の男性たちもどうしていいかわからないといった表情で狼狽《うろた》えるばかり。

「いいや、殺す。俺はお前を殺したくて、たまらない！」

ピットの声は酷《ひど》く掠《かす》れていた。目の焦点が合っておらず、かなりの興奮状態なのが見てとれた。グラニトはピットに拘束され、憐れっぽくもがいている。

「お前は俺からアイデアを奪った。この列車のコンセプトやデザインはすべて俺が考えたものだ！　なのにお前は、全部俺から奪って……!!」

叫ぶように語るピットは瞳からボロボロと大粒の涙を流している。

その顔にははっきりと「くやしい」と書かれていた。

「この列車は俺の夢だったんだ。それを、金儲けの道具にしやがって……‼」

悲痛な声は涙に濡れていた。

（この列車の発案はグラニト様ではない……？）

語られる言葉が本当ならばとんでもないことだ。

驚きを隠しきれずに、パトリツィアはピットたちを見つめた。

グラニトの身体を器用にもしっかり押さえ込みながら、ピットはなおも叫ぶ。

「それだけじゃない。俺の仲間を、騙《だま》して安い賃金で働かせやがって」

「な、なんのことだ」

「とぼけるな！　料理を作ってるのはポルコだろう！　アイツがこの国の言葉や相場を知らないからと騙して……貴様は最悪の男だ！　ポルコには全部話した！　アイツが俺をここに入れてくれたんだ！」

「くっ、アイツ、裏切ったのか！」

「騙していたくせにえらそうなことを言うな‼」

「ひ、ひいい……！」

ピットの持っているナイフが、グラニトの腹を軽く刺す。服がぷつりと避ける音がして、切っ先が豊かな腹部にわずかに沈んだ。

白いシャツにじわりと広がる血の色に、とうとう客の一人が悲鳴を上げた。

「助けてくれえぇぇ！」

グラニトの情けない叫び声と騒ぐ客たちの声で、車内はパニック状態だ。

このままでは大変なことになる。

パトリツィアは立ち上がっていた。

「お嬢様！」

咎《とが》めるような声を上げるロルフに微笑みかけるとその隣に立った。

「大丈夫。少し話をするだけだから」

「しかし」

「守ってくれるのでしょう？」

「……」

掠れた声で、卑怯《ひきょう》だ、と呟いたのが聞こえた。

ロルフの強さを頼りに無茶をしようとしている自分は卑怯者なのかもしれない。

だが、今引いたら大変なことになる。

パトリツィアは真っ直ぐにピットを見やる。

「ピット様、でしたでしょうか」

「ああ？　なんだ」

名前を呼ばれたことで、ピットが怪訝そうに顔を歪めながら緩慢《かんまん》な動きでパトリツィアの方に視線を向けた。

瞳はうつろだし、顔色が酷く悪い。捕まっているグラニトの血色が良すぎて、余計に酷《ひど》い顔に見えてしまう。

「ん……？　お前、あの時の小娘じゃねぇか！　また俺の邪魔をするのか!!」

「先日は名乗りもせずに失礼いたしました。私はパトリツィア・レッジ。あなたはピット・メルツ様でお間違いないかしら？」

「だったら何だ!!」

「少々、お時間をいただいてもよろしいかしら？」

にこりと微笑みかけてみるが、ピットの表情は変わらない。

むしろ、パトリツィアに鋭い視線を向け、威嚇《いかく》するように前歯を見せる。

「時間だ？　こいつを助ける算段でも考えてるのか。こんな極悪人、どうなったところでお前には関係ないだろう」

「ええ。正直に言わせていただければ私とグラニト様はあの日が初対面ですし、特に親密な間柄というわけではございませんので、ピット様の行動に関して口出しするつもりはございません」

「パ、パトリツィア様ぁ……！」

押さえ付けられたままのグラニトが悲痛な声を上げ、憐れっぽい目線を向けてくる。

「じゃあなんだ！」

「ピット様がどうしてそのような凶行《きょうこう》に及ばれているのかが知りたいのと、このままそのナイフを使ってしまったらせっかくの食堂列車が台なしになってしまうのが耐えられなくて」

「……あ？」

険しかったピットの表情から毒気が抜け、ぽかんとした表情になる。

「まずはお話を聞かせてもらえませんか。私たちは、招待されて食事を楽しみに来たただの乗客です。事情を知らないままですと、どちらに味方をして良いかわかりません。ねぇ、皆さま」

他の乗客たちに同意を求めるように声をかければ、彼らはあわててコクコクと首を縦に振る。

「どうか、私たちにお話ししてくださらない？　少しは気分が楽になるかもしれませんわよ。どうせこの列車は密室。私たちにはなにもできません」

「……」

少し迷った仕草を見せたピットだったが、窓の外にちらりと視線を向けてから、小さく頷いた。

「わかった。説明してやる。この、グラニトという男がどんなに酷い男なのか」

「わ、私は何もしていないぞ！」

「うるさい！　だまれ！」

騒ぎながら暴れだしたグラニトのこめかみを、ピットはナイフの柄で殴りつけた。殴られたグラニトは、その場に崩れるようにして膝を突く。

ピットもグラニトを抱え込んだまま床に座り、荒い呼吸を吐きながら語りはじめた。

「俺の一族は、みんな料理人だったんだ」

ピットが生まれたのはここから遠く離れた北の国だという。

彼の父も祖父もそのまた父も皆が料理人という家系で、幼い頃から料理の道に進むと心に決め、家族の店で腕を磨《みが》いたのち、さらなる高みを目指し修業のために世界各国を巡った。

そして食堂車のある旅客列車という存在を知ったピットは、食事のためだけの列車を思い付いたという。

「いつかは自分の店を持ちたい。でもそれ以上に、世界中の人に俺の料理を食べてほしいとも思っていた」

「それで食堂列車、だったのですね」

「ああ……線路さえ走っていれば世界のどこにでも行ける。そう考えたんだ」

ココルを訪れたピットは、修業先の店で偶然グラニトと知り合ったという。

グラニトはピットの料理を褒め称え、いずれ自分が持つ店のシェフになってほしいと口説いてきたらしい。

だがピットには食堂列車という夢があった。資金を貯めるまで、という約束でピットはグラニトのもとで働いていたという。

「なのに、こいつは俺からアイデアを全部奪っていった」

「お、お前には沢山仕事をさせてやったろう！　いろんな店に紹介もしてやった！　なにが不満だ！」

押さえ付けられたグラニトがもがきながら叫び声を上げる。腹を軽く刺されているというのに、元気なことだと少し感心してしまう。へらりとしただらしない表情は見る影もなく、口の端から涎《よだれ》を垂らしながら大声を上げる表情は醜悪《しゅうあく》だ。

「不満⁉　俺がこの国の給料の相場に疎いことを利用して上前を撥ねていただろう！　そして俺のアイデアを書き溜めた手帳を盗んだ。食堂列車の記事を新聞で読んだ時は驚いた。俺が、全部考えていたものだ！　この内装も、なにもかも、全部だ！」

「まあ……」

アイデアの盗用というのは、せいぜい『食堂兼列車』という根底の部分だけかと思いきや、まさかそこまで真似ているとは考えもしなかった。パトリツィアは思わず目を見張る。しかも給料すら奪っていたとは。

「グラニト様、本当ですの？」

「ち、違うのですパトリツィア様。こいつにはちゃんと説明しました。契約書だってある。紹介料のことは、了承済みだッ……ぐえぇ」

「うるさいだまれ！　確かに契約書は交わした。この国の文字を読めない俺に代わってお前が読み上げた契約書がな！　勤め先の店長が教えてくれなかったら、俺はお前に一生金を奪われ続けていたんだ……！」

叫ぶピットは涙を流している。

当然だ。努力して稼いだお金を奪われ、なおかつ夢まで勝手に踏みにじられて。

自分の大切にしているものを台なしにされて悔しくないわけがない。

だからあの夜、ピットはグラニトに紹介された店を飛び出し、どういうことかと詰め寄っていたのだ。

（あの時もっときちんと話を聞いていたら）

じわりと苦い後悔が湧き上がる。

あの時、グラニトを助けたことに後悔はない。

きっとまた同じ場面に出くわしたら、喧嘩を止めていただろう。

だがパトリツィアはグラニトの言い分だけを聞き、逃げたピットを追わなかった。

（もしかしたら、ロルフはあの時から何かを感じていたのかしら）

ロルフが頑《かたく》なにグラニトを信用しないのは、彼が詐欺《さぎ》まがいのことをしていると勘づいたからなのかもしれないと、ようやく気が付く。

なにも言わなかったということは、確証があったわけではないのだろう。

違和感を抱いていたに違いないのに。

（ごめんなさいロルフ）

もっとロルフの訴えを聞くべきだった。

すべてが終わったら、お詫《わ》びをしなければ。

そのためにも、この場を無事に収めなければならない。

「大変でしたわね。心中お察しします」

努めて優しい声で同意を示せば、ピットが情けなく眉尻《まゆじり》を下げて唇を震わせる。

「事実を知った俺はこいつにこれまでの金を返せと言ったんだ。そして、食堂列車を勝手に作ったことを謝罪しろって、なのに、なのに……」

「グァ……誰が、返すか！　あれは、正当に私が得た、金だっ……！　この列車にしても、貴様では実現できなかった代物《しろもの》だぞ……感謝してほしいくらいだッ！」

もはや取り繕う気持ちはないのだろう。グラニトの言葉遣いは乱暴で、ピットを見下しているのがわかる。

悪びれないその発言に、ピットは目を見開き、ナイフを振りかざした。

乗客たちが、最悪を想定し悲鳴を上げる。

「ロルフ！」

あの夜とは違い、ロルフは躊躇《ためら》うことなく動いた。

腰の剣を鞘《さや》ごと振り上げ、ナイフを持つピットの腕に叩きつける。

「っあ……」

衝撃と痛みでナイフを取り落としたピットの顔を膝で蹴り上げ、その身体を床へと押し倒す。瞬きする間に、ピットは完全に押さえ込まれてしまった。

解放されたグラニトは、苦しそうに咳をしながらふらふらと床を這《は》うようにしてその場から逃げ出そうとする。

ようやくそこで我に返ったらしい黒服の男性たちが、情けない姿になった雇い主の身体をかついでピットから引き離した。

「っ、離せ！　離せ!!」

「いけません。このままではあなたは犯罪者になってしまいますから。ロルフ。怪我をさせないようにね」

「承知しました」

暴れるピットはロルフにまかせ、パトリツィアはグラニトの方へと視線を向けた。

「グラニト様。先ほどのピット様のお言葉は本当ですか？」

「っ……わ、私のやったことは違法ではない！　契約書だって正式なものだ！　列車の件だって、アイツの手帳を参考にしたことは認めるが、夢物語ばかりで、私が手を加えなければ実現なぞしなかったぞ！　この車両を実現するのにどれほど金がかかったと思っている！　百億ベルだぞ！　ただの料理人が、逆立ちしても実現できるわけがない！」

まったく悪びれない態度は、自分のしたことがどれだけ酷いことなのか一切わかっていないようだった。

パトリツィアはふうと長い溜息を吐《つ》くと、床に座り込んだままのグラニトを見下ろす。

「たった百億ベルごときがなんなのですか」

「は……？」

「夢とは推し。推しとはつまり人生の糧《かて》ですのよ。ピット様はいつか自分で列車を作るという目標のために努力されてこられたのでしょう。それを、お金になるからと勝手に奪うなんて。たとえ法律が許しても、私が許しませんわ」

「なっ……こ、小娘がっ……何を偉そうに……」

「先ほどまで私たちに語っていた高尚《こうしょう》な思いはすべて、ピット様からの借り物でしょう？　あなた自身の夢などここには何もないではありませんか。いったい何が楽しいのですか」

　思わず強い口調になってしまった。グラニトは顔を赤くしたり青くしたりしながらも、パトリツィアを睨み続けている。

「なにが楽しい、だと？　この列車は投資だ。運行が成功すれば、いったいいくらの金が稼げると思っている。これからも列車を作り続けて、私は絶対に成功者になってやるんだ！」

　かける言葉がない、とパトリツィアは首を振る。

　確かにお金は大切だ。それは否定しない。

だがそれだけではダメだということも、パトリツィアは祖父や父から沢山学んできた。目的のためにおろそかにしてはならないものが、この世には間違いなくある。

「……グラニト様。あなたの考えはわかりました」

「わかってくれましたか。さすがはレッジ家のお嬢様だ。やはりすべては金なのですよ。早くそいつを、警察に突き出してください‼」

「いいえ。私はそのようなことはいたしません。通報するならば、どうぞご勝手に」

「へっ……？」

「人の夢を奪い、お金儲けの道具にするような愛のない方と話す時間は私にはございません。失礼いたしますわ」

　ぽかんとするグラニトから視線を逸らしたパトリツィアは、ロルフによって縛り上げ

られているピットの方へ近づく。

「ピット様」

呼びかければ、ピットは目だけを動かす。

「あなたの発案である、この食堂列車は大変素晴らしいと思いますわ。内装も、あなたが考えられたのですか」

「……ああ」

力なく頷きながら、ピットは車内を見回している。自分の夢がそこにある。だが、これを叶えたのは自分ではない。複雑な感情に、濡れた瞳からは止めどなく涙が溢れていた。

「どうしてこんなことになったんだ。俺には、あんたたちのような財産も学もない。でも、これは俺の夢だったんだ。なのに、その男は……」

「心から同情いたします。ですが、ピット様のしたことは決して許されることではありませんわ。無断で車両に侵入し、あまつさえグラニト様を襲った。そして、この場にいる貴族たちの大切な時間を奪いました。わかりますか」

「……」

項垂《うなだ》れたままのピットが、わずかに首を上下させた。自分でもわかっているのだろう。

今回の騒動は、愚行《ぐこう》でしかないことを。

「俺は自分が情けない……本当に、すまない……」

後悔に塗れた呟きに、パトリツィアは眉を下げる。

「わかってくださるならよいのです。それに、違法ではないとはいえ、グラニト様のしたことは最低ですわ。百億円ベルぽっちのためにあなたの夢を奪うなんて」

「……えっ……？」

ぴたりと涙を止めたピットがパトリツィアに顔を向けた。

「あなたの夢には二百、いいえ三百億ベルの価値があります。諦めないでください」

「えっ……あっ、はい……？」

「ロルフ。列車が整備工場に到着し次第、我が領の鉄道会社に連絡をしてちょうだい」

レッジ家の領地には、国営の鉄道とは別に独自の路線が走っている。

絹糸《けんし》の輸送用だったそれは、今では領民たちの大切な足として領内をくまなく走っており、他領にまでその沿線を伸ばしているほどに発展していた。

「ピット様。あなたが本当に作りたい食堂列車。私の領地で作ってみませんこと？　もちろん、私が投資しますわ」

「お嬢様。さすがにそれは……」

「いいえ。きっとおじいさまも賛成してくださるわ。ピット様。私のおじいさまは少し前に足を悪くして、今では領地の中だけで生活してらっしゃるの。でも本当はとても旅好きな方でね。この食堂列車に乗って移動しながら食事をすればきっと喜んでくださると思うの。どうかしら」

「そんな……本気ですか」

信じられない、と身体を振るわせるピットにパトリツィアは微笑みかけた。

「ええ。一緒に夢を叶えましょう。あなたの罪をなかったことにすることはできませんが、レッジ家としてできることはお手伝いします。ここから仕切り直しですわ」

「あ、ありがとうございます……う、ううぅ……」

身体を縛られたまま、ピットは地面に額をこすりつけるようにして身体を折り、嗚咽《おえつ》を零した。

「ロルフ。あとはお願いね」

「……承知しました」

答えるロルフの表情も、どこか優しげだ。

彼も祖父の状況を案じていたのだろう。

乗客たちからぱらぱらと遠慮がちな拍手が上がる。

「み、認めないぞ！」

だが、せっかくのいい雰囲気を壊すようにグラニトが叫びながら立ち上がる。

自分だけが悪者になったことを悟ったのだろう。

なんとかして場の流れを壊そうと、ピットへの罵詈雑言《ばりぞうごん》を並べ立てはじめた。

パトリツィアはその様子を一瞥《いちべつ》すると「あなたには関係ありません」と言い切った。

「私は、ピット様とともにゼロから新しい食堂列車を作ります。あなたは、あなたのしたいようになされれば良いわ」

それから、場の流れを見守っている乗客たちに笑顔を向ける。

「皆さま。今日は大変な騒動でしたわね。気分転換に、中央駅に戻りましたら我が家が所有するレストランに参りませんこと？　ぜひご招待いたしますわ」

乗客たちは突然の招待に驚きながらも、ぜひと頷いてくれた。

そして、今日この場での出来事を包み隠さず周りに伝えると約束してくれた。

「そんな……」

グラニトだけはまるで氷になったようにその場に立ち尽くし、呆然《ぼうぜん》とした表情を浮かべている。乗客のだれも、彼に声をかける気配はない。

「そろそろ整備工場ね」

窓を覗き込めば、少し先に大きな工場が見えた。

目的地である列車の整備工場だ。

この食堂列車はそこで一旦停車し、方向転換して中央駅に戻る予定なのだ。

「折り返させずに列車を止めるように運転士に伝えましょう」

「お願いね、ロルフ……きゃ！」

ガタン、と異音がして車両全体が大きく縦に揺れた。テーブルの上に載っていた食器が浮かび、机や地面に叩きつけられて粉々に砕け散っていく。

倒れたグラスから水やワインが零れ、絨毯に染みを作る。

「な、なんだぁ⁉」

「何ごとなの？」

酷い揺れを机に摑まって耐えていると、ロルフが駆け寄ってきてパトリツィアの身体を包み込むように抱きしめる。

「お嬢様、俺から離れないでください」

「わ、わかったわ」

しっかりとした腕と、厚い胸板に抱きしめられパトリツィアはうわずった声を上げた。

すぐに収まるかと思った揺れは、どんどん酷くなっていく。

「何があった。私の、私の列車が！」

グラニトは蒼白な顔で、二号車へ続く扉を開ける。

どことなくピットに似た顔立ちの男性が、二号車から飛び出してきた。

真っ白な厨房服を来ている彼の手には、長い刃渡りの包丁《ほうちょう》が握られていた。

「な、なん、で……ポルコ！」

「お前、俺を騙した。ピットも、騙した……許せない！」

ポルコと呼ばれた男は、食堂内の人間を憎々しげに睨み付けている。

車内をぐるりと見回したポルコは、縛られた状態でぐったりと壁にもたれているピットを見つけると、獣のようなうなり声を上げた。

「ピット、お前、大丈夫か！」

「ポルコ……なんで」

「グラニトにはついて行けない。お前の夢を壊したこんな列車、壊れてしまえばいいんだ」

どこか拙《つたな》い言葉遣いに、パトリツィアは、ピットがこの国の言葉に慣れていないと語っていたのを思い出した。

「ポルコ、いいんだ。もういいんだ。俺の夢は、このお嬢さんが助けてくれることになった。お前も一緒に行こう」

「それはどういうことだ……？」

戸惑うようにポルコが首を傾げると、列車が再び大きく揺れた。

「っ、お前、何をしたんだ！」

「あ……俺、運転士を殴って……ブレーキを壊してきたんだ……こんな列車、壊れればいいって思って……」

「なっ……！」

ピットだけではなく、グラニトや乗客たちが一斉に息を呑《の》む。

「なんてことを！　私の、私の食堂列車が……」

グラニトは顔を赤から黒に変え、目を白黒させたあと、口から泡を吹きながらその場にバタンと倒れてしまった。

乗客たちもピットが騒ぎを起こした時とは比べものにならないほどに取り乱し、なんとか逃げようと列車の出入り口に一斉に駆け寄る。だが。

「スピードが上がってる！　これじゃ飛び降りられない!!」

窓の外の景色が勢いよく流れていく。

この状態で外に飛び出せば怪我は免《まぬが》れないだろう。

「ああ、おれ、おれ……」

「ポルコ。違う、俺が悪い。俺が、お前に余計なことを言わなければ」

真っ青になって狼狽《うろた》えるポルコをピットが必死で宥めている。

乗客の中には、彼らに「なんてことをしてくれたんだ」と詰め寄っている者もいた。

気持ちはわかる。

けれども、今はそんな時ではない。

「皆さま。今は生き残ることを最優先に考えねばなりません」

ロルフの腕の中で、パトリツィアは声を上げた。

「ポルコ様。運転士さんはどうしました？」

「えっ、……殴ってそのまま、だ」

「そこのあなた！　他の乗務員はどこにいらっしゃいますの」

倒れたグラニトを必死に介抱している黒服の男性に問いかければ、ええと、と指折り数えはじめる。

「運転士と、副運転士が一号車に、二号車には給仕係と調理補助が五人ほどいるはずですが……」

「その方たち、全員をこちらの車両へ。ポルコ様、あなたが殴った運転士さんを運んできて。副運転士の方もよ。ロルフ、ピット様の縄を解いてあげて」

「お嬢様⁉　何をされるおつもりですか」

パトリツィアを抱きしめる腕を緩めないまま、ロルフが動揺した顔を見せた。

「皆さんで助かるためよ。ロルフ、協力して」

パトリツィアは全員に指示を出し、列車に乗る全員を三両目の後方に集めた。

運転士は気を失ったままで、列車の状況を確認しようにも難しそうだった。

副運転士は壊れたブレーキを修理しようとしたらしいが、何もできなかったらしい。

「このままだと、整備工場に車両が突っ込んでしまいます。無線であちらには連絡を取りましたが……」

「それでは工場の避難は終わっていると考えてもよいのね」

「たぶん」

自信はなさそうだが、そう信じるしかないだろう。

ブレーキの壊れた列車はどんどんとスピードを上げ走って行く。このままでは、終点である整備工場に激突してしまうだろう。

「どうするんですか、お嬢様」

「車両の連結を外します。そうすれば機関部は先頭車両だけになるので、少なくとも連結を外れた車両は無事のはずです」

「なるほど」

運転副運転士の男性は真っ青な顔をしながら頷いている。

「動いている車両の連結を外すなど通常はしません。うまくいくかはわかりません」

「でも、やるしかないということね」

「ええ」

「でも、どうやって？」

「両方の車両にそれぞれ連結を解除するスイッチがあります。それを同時に外せば問題なさそうです」

集まっている乗客たちが息を呑んでパトリッツィアたちを見ている。

「皆さまはこのまま、三両目の後方で待機していてください。なるべく後ろに重心があった方が被害が食い止められますので」

「っ、君たちが⁉　危険だ！」

声を上げたのは乗客の中でもひときわ年嵩《としかさ》の貴族だった。

まだ若いパトリッツィアたちを案じてくれているのだろう。ほかの大人たちも心配そうな顔をしている。

「ご安心を。私、こうみえて優秀なのです。そしてこのロルフは我がレッジ家の騎士団仕込みの有能な護衛。この場において私たちほど頼りになる者はおりませんわよ」

この場にいる貴族たちの年齢層はずいぶんと高い。

下手に協力を仰いでも、足手まといになってしまう可能性がある。

「皆さまは、どうかこの場で私たちの無事を祈っていてくださいまし。レッジ家の名にかけて、必ず解決してみせますわ」

安心させるように微笑みかけてから、パトリッツィアはロルフに向き直った。

「ロルフ。まずは二両目と三両目の連結を外しましょう。二両目には厨房があります。もしバランスを崩して脱線すれば火災になってしまうから、ここは外しておいた方が安全だわ。二両目に行くにはどうしたらよいのかしら？」

「承知しました、なら……」

「だめだ！」

突然大きな声が聞こえて振り返れば、先ほど気を失ったグラニトが目を血走らせ叫んでいた。

「これは私の列車だ！　そんなことをしたら、列車が壊れてしまう。ブレーキを治せ！　今すぐにだ！」

無茶なことを叫びながら、運転士や副運転士や黒服の男性たちに当たり散らしている。

「無茶を言わないでください、オーナー。このままではみんな死んでしまう」

「駄目だ！　私の列車だ！　壊すことは許さん!!　百億だぞ！　百億かけたんだぞ！　まだ支払いだって終わっていないんだ!!」

「でしたら、私がこの車両を買い取りましょう。ロルフ、小切手を」

ロルフは上着の内ポケットから小切手の束を取り出すと、ペンとともにパトリツィアに手渡す。

さらさらと流暢な筆跡で『百億』という数字を書き記し、グラニトに差し出した。

「こちらで結構かしら」

「な……」

目を見開きながらも、グラニトはその小切手を震える手で受け取った。

「ひゃ、ひゃくおく……」

「商談成立ということでよろしいですわね？　それではロルフ、行きますわよ」

「はい、お嬢様」

「俺たちも手伝おう。こうなったのは俺たちの責任だ」

「ピット様、ポルコ様……心強いですわ」

副運転士を含めた五人で二両目と三両目の結合部分を確認すると、連結部の近くに大きなレバーがあった。

「これを同時に倒せばいいのね」

「はい。するとすぐに連結が外れます」

「わかったわ、なら……」

「俺とこの男が二両目に行きます。お嬢様は三両目で待っていてください」

「えっ、ロルフ⁉」

パトリツィアの返事を待たず、ロルフはピットの腕を摑んで二両目に渡り、レバーを摑んだ。

「そちらのレバーも早く！」

「わ、わかりました！」

鋭い指示に、副運転士とポルコが慌ててレバーを摑み、引き下ろす。それに合わせてロルフもまたレバーを倒した。

「ロルフ!!」

ガチャンと金属が擦れる音が響いて、あっけなく連接部分が離れていく。

重さをなくしたことで、二両目から先のスピードが上がり、車両と車両が勢いよく離れていくのが見えた。

レバーを握ったままのロルフは顔色一つ変えず、パトリツィアを見ていた。

二人の距離がどんどん遠ざかっていく。

「っ……お待ちなさい！」

「お嬢様!?」

気が付いた時にはパトリツィアは軽く助走を付けてジャンプし、二両目に飛び移っていた。

「わ！」

「危ない！」

勢いに負けて傾いだ身体は、ロルフによって抱き留められる。

「なっ……なんて危ないことを！　何を考えているんですか!!」

感情を剥き出しにしたロルフの言葉に、パトリツィアも負けじと声を張り上げる。

「ロルフは私の護衛でしょう!?　許可を得ぬまま離れられるなんて思わないで！」

「危険です！　お嬢様に何かあったら、俺は生きていけません！」

　パトリツィアを抱き留めたままのロルフの表情は、怒りと困惑が交ざり合っている。らしくのないその表情に、パトリツィアも眉を吊り上げた。

「だったら、勝手に離れないでちょうだい！　ロルフが怪我をしたらどうするの！　私には傍を離れるなと言っておきながら、勝手だわ」

　どん、と怒りにまかせて胸を叩けば、吊り上がっていたロルフの眉が情けなく下がった。黒い瞳が、戸惑うようにゆるゆると揺れている。

「あなたがいなくなったら、私が嫌なの！」

　どうしてこんなに腹が立つのだろうか。

　危険を顧《かえり》みず、いとも容易くパトリッツアを優先させてしまうロルフの判断が、今はとにかく許せなかった。

「……俺はただの護衛です。もし、俺に何かあっても、すぐに優秀な人材が……」

　ぱちんと小さく控えめな音が響いた。

　それは、パトリツィアが両手でロルフの顔を包んだ音だっだ。

「だめ。私の護衛は、これからもずっとロルフだけよ。あなたの代わりなんて、世界のどこにもいないんだから」

　掌《てのひら》に感じるロルフの頬がじわじわと熱を持つ。

パトリツィアを見る目は、大きく見開かれていく。

「次に私を置いていったら許しませんからね！　必ず二人で帰るの！」

先ほど、車両が離れていく瞬間に感じたのは、恐怖だ。

このままロルフと離ればなれになってしまうかもしれない。

思い出すことさえ怖く、二度と味わいたくないと強く想う。

「でも……」

「ごねたって無駄よ。もう三両目には戻れないわ」

振り返れば、三両目の車両は線路の上で動きを止めており、すでに二両目とはかなりの距離が出来ていた。

デッキに集まった乗客たちが心配そうにこちらを見ているのがわかる。

「二人で一緒に帰るためにも、二両目を外しましょう」

「……承知しました」

「ピット様も、行きますわよ」

「あ、ああ……」

どこかぼんやりとした顔をしていたピットが、パトリツィアの声かけに我に返ったように表情を引き締めた。

三人で二両目の中を抜ける。

立派な厨房の他には食材の貯蔵庫やワインセラーなどが並べられており、こちらにもずいぶんとお金と手間暇を掛けているのがわかった。

厨房を抜け、一両目との結合部である二両目のデッキに辿り着いた時には、整備工場がずいぶんと近くになっていた。

「もう時間がありませんわ」

三両目という重しを失ったことで列車のスピードは更に上がっている。

このまま車両の連結を解除したら、さらに加速するだろう。

「俺が一両目のレバーを引きます。二両目は、彼とお嬢様で引いてください」

「っ！　私も一緒に行くわ」

「いけません。俺ならば、連結が外れてすぐこちらに飛び移れます。お嬢様を抱えてとなると、危険です」

「でも……」

さっきみたいにまた置いていかれたら。

もし、ロルフに何かあったら。

嫌な想像に固まっていると、ロルフの手がパトリツィアの手を優しく握ってきた。

「必ず、あなたの傍に戻って参ります」

「……！」

ふわり、とロルフが優しい笑みを浮かべた。

胸の奥がきゅっッと締め付けられて、顔が熱くなる。

「ぜ、絶対ですわよ。戻ってこなかったら、降格と減給処分にしますからね」

「わかりました」

「全部が無事に終わったら、今度こそ私からの特別手当を受け取ってちょうだい」

絶対よ、と念押しすればロルフは軽く肩を揺らして笑った。

緩く握り合っていた手が離れていく瞬間、どうしようもないほどの不安と寂《さび》しさがこみ上げてくる。

「お嬢様を頼みます」

ピットにそう声をかけ、ロルフは一両目側へと飛び移った。

パトリツィアはピットに支えられながらなんとかレバーにしがみついていた。

スピードが上がっていることや、三両目を失ったことでバランスが崩れているせいか、揺れが酷くまともに立っていることさえ難しい。

一両目はそれ以上に揺れが酷そうだ。

ロルフはそんな中でも体勢を崩さすレバーへと辿り着き、持ち手を握り締める。

こちらに向けられた視線に、力強く頷く。

「行きますわよ！」

お互いの声は聞こえなかったが、ほぼ同時にレバーを下げた。

金属が擦れ合う音が響き、連結部分がゆっくりと外れていく。

「やったわ！」

揺れのせいか時間は掛かったが完全に金具が外れる。

整備工場はもう目前だ。

一両目の速度が見る間に上がり、車両同士の間隔が広がっていく。

「早くこちらへ！」

呼びかけに頷いたロルフはわずかな助走を付け、床を蹴った。

ロルフの身体は綺麗な放物線を描き、二両目のデッキへと着地する。

「すげぇ！」

ピットが歓声を上げた。

着地を成功させたというのに、ロルフの表情はいつもと変わらずどこまでも涼しげなままだ。

「お嬢様、ただいま戻りました」

「ロルフ！」

両手を広げ、パトリツィアはロルフにしがみつく。

いつも清廉な匂いしかしない身体からは、少しだけ汗の匂いがした。

耳を押しつけた胸元からは、身体を揺らすほどの鼓動が聞こえくる。

表情に出さないだけで、とても頑張ってくれたのだろう。

無事に戻ってきてくれたことが嬉しくて、誇らしくて、少しだけ憎らしい。

「お帰りロルフ」

「……はい、お嬢様」

パトリツィアは心配させたお返しだとばかりに腕の力を強め、ロルフの身体にきつく抱きついたのだった。


二両目と三両目という重しをなくした一両目は、そのままレールをひた走り整備工場へと突っ込んだ。

倉庫の一つが半壊し、一両目もほぼ大破。

修理しても使うことはできないだろう。

無線で連絡をしていたおかげで、避難は完了しており怪我人は出なかった。

三両目の乗客たちも全員無事で、一番傷が深かったのは腹を軽く刺されていたグラニトという始末。

二両目と三両目の車両は揺れで内装の一部に破損が出た程度で済んだ。

話題だった食堂列車がプレオープンで事故を起こしたというニュースは、瞬《またた》く間《ま》に国内に広がり、その過程でグラニトが、これまでもピットやポルコたちにしたような手口で人材を斡旋《あっせん》してはその上前を撥ねていたことがわかった。

グラニトは世間から非難を浴びることになったし、契約条項をわざと伏せて契約書にサインをさせたことは違法行為にあたるとして逮捕されるに至った。

その過程で、列車の建造にまつわる費用についても詐欺まがいな契約で集めていたことも判明。

パトリツィアが列車を買い取るために渡した百億ベルの殆どは、未払いだった列車の制作費用に当てられ、残りはこれまでグラニトが搾取《さくしゅ》してきた人たちへの救済に当てられることになった。

彼に残ったのは、不名誉な逮捕歴とズタズタになった評判だ。

＊＊＊

「私のお金が有効に使われているようで安心しましたわ」

執務室のソファで朝刊を読みながら、パトリツィアは満足げに頷いた。

「ロルフ。秋祭りの準備は順調かしら」

振り返れば、そこにはいつものようにロルフが立っている。

「みんなずいぶんと張り切っております。車両の修繕もほぼ終了しているので、当日には間に合うかと」

「ふふ。おじいさまたち、きっと驚くわ」

パトリツィアは買い上げた食堂列車の二両目と三両目を屋敷の庭園に運び入れ、秋祭り当日の食堂にしてしまったのだ。

もちろん線路はないので形だけだが、雰囲気だけならば十分に楽しめる。

そしてその食堂で料理を振る舞うのは、ピットとポルコだ。

二人は騒動の原因ということで当然警察に捕まっていたが、事情を考慮して罰金の支払いで解放されることとなった。その罰金を支払ったのはパトリツィアだ。

『お金は身体で返してもらいますわ』

レッジ家のシェフとして働き、給与の一部を借金の返済に充《あ》ててはどうかという提案を、二人は喜んで受け入れた。

「今回は動かせないけれど、そのうち食堂列車は領地を走ることになるのだもの。おじいさまにはぜひ体験していただかなくては」

新しい一両目は現在レッジ家で鋭意製作中だ。

数ヶ月後には、レッジ家の領内を走る新たな食堂列車が完成するだろう。

「楽しみね」

「ええ。あの事故の後処理もほぼ終わったようです。整備工場の修繕も先日完了しました」

「これでようやくめでたしでめたしね」

「はい……ああ、一つだけ」

「なあに？」

他にも何かあっただろうかとパトリツィアが首を捻《ひね》れば、ロルフが正面に回ってきて目の前に膝《ひざ》を突いた。

急にどうしたことかと目を瞬けば、いつも真っ直ぐに引き結ばれているばかりの口元が少しだけ吊り上がる。

「特別手当は何をいただけるんですか？」

からかうようなその口調に、パトリツィアは「あ」と声を上げた。

あの時、全部が無事に終わったら特別手当を受け取るようにとロルフに言っていたことを思い出す。

「受け取ってくれるの？」

「約束でしたからね。今回だけは甘んじて受け入れます。ただし、金銭や換金できるような貴金属、不動産の類《たぐ》いはなしでお願いします」

「我儘ねぇ」

相変わらずだと微笑みながら、パトリツィアは指先を頬に当てながら考え込む。

お金は駄目。貴金属や不動産も駄目。だったら何をあげようか。

（ロルフが絶対に手放せないものよね」

この先、何があってもロルフの記憶に残る何か。

叶うならば、それはパトリツィアに繋がるものであってほしい。

「……ロルフ」

「はい？」

ソファからわずかに腰を浮かせ、パトリツィアはロルフに顔を近づけた。

綺麗な黒い瞳の瞳孔が、わずかに広がったのが見えた。

「大好きよ」

頬に触れるだけの優しいキスを落とせば、ひゅっと息を呑んだ音が聞こえた。

目を見開き、びしりと固まったロルフに、頬が緩む。

未来への約束はきっと二人をずっと繋いでいてくれるだろう。

「これからも、ずっと私の傍にいてね」

終章

レッジ家の朝は早い。

夜が明ける前から使用人たちは勤勉に働き、敬愛する主のための支度《したく》を怠《おこた》らない。

それもそのはず。このレッジ家が使用人に支払う賃金は、相場の倍以上。個室が与えられ、希望すれば長期休暇を取ることも可能。休憩時間も必ず取るように指示されるため、とにかく働きやすい。かといって楽な仕事ではない。

主であるレッジ家の人々は優しく懐の深い方ばかりではあるが、それと同じくらい厳しい目を持っている。

掃除の手抜きはすぐに気が付かれるし、料理だって食材のランクが少し落ちただけで「味が変わった」と指摘する。

決して怒ることはない。事実確認をして、その理由を確認し、もし何か問題があるのならば解決策を提案してくれる。

昔、使用人の一人が壁に飾ってあった絵画を贋作《がんさく》に入れ替えて売り払うという騒動を起こしたことがあった。

それはとてもよくできた贋作で、使用人たちは誰も気が付かなかったくらいだ。しかも飾ってあるのは普段滅多《めった》に人が通らない奥まった廊下。

犯人も気が付かれないと高をくくっていたのだろう。だが。

「絵を替えたのね？　ずいぶんとタッチが甘いわ。以前の物はどうしたの？」

パトリツィアがその絵に目を留めたのはほんの一瞬だ。しかも廊下の端からちらりと横目で見ただけだ。だというのに、すぐに偽物だと気が付いた。

青ざめた執事長が掃除を担当していた使用人を問い詰め、すぐにことの次第が発覚した。犯人は当然解雇《かいこ》。売り払われた絵もすぐに買い戻された。

「これだけの贋作を作れるなんて、この作者はきっと才能があるのね。レッジ家が運営する芸術学校への入学を勧めてさしあげて」

さらりと何でもないことのように、パトリツィアは贋作の絵師を拾い上げることを決めてしまった。

使用人の悪事よりも、目の前の芸術を褒《ほ》め称《たた》える姿は眩《まぶ》しいほどに神々《こうごう》しかった。

使用人たちはみな、そんなパトリツィアに仕えられることを誇りに思っている。

その筆頭が、パトリツィアの護衛兼従者であるロルフだ。

夜明けとともに起床したロルフは、部屋着のまま庭に出ると素振《すぶ》りをはじめる。

パトリツィアに一生仕えると決めたその日から、訓練を欠かしたことはない。

一時間ほど軽く身体を動かしたあとは、井戸で汗を流す。

それから部屋に戻り、学園の制服に着替える。

パトリツィアの傍にいるためだけに入学を決めたので最初はこの制服にあまり愛着はなかったが、一年以上着続けていることもあり今はしっくりと身体に馴染《なじ》んでいた。

髪型を整え腰ベルトに愛用の剣を装備してから部屋を出れば、香ばしいパンの香りが漂ってくる。

厨房《ちゅうぼう》では毎朝パトリツィアのためにパンが焼かれているので、この時間には丁度焼き上がるのだ。

おそらくは今頃、パトリツィアは朝食を取っているのだろう。

『ロルフも一緒に食べればいいのに』

いろいろと無自覚なパトリツィアは、いつもそう言ってロルフに声をかけてくる。貴族のお嬢様が使用人と同席して食事をするなどありえないというのに。

さも当然のことようにロルフを隣に座らせようとするのは、諦めてほしいところだ。

使用人用の食堂で朝刊に目を通しながら朝食を済ませたロルフは、執事長に今日の予定を確認し、いくつかの打ち合わせを済ませ、パトリツィアの部屋へと向かう。

扉の隙間からは、パトリツィアお気に入りの音楽が漏れ聞こえてくる。

わずかに交じる歌声に、つい頬が緩みそうになる。

「……は」

ドアをノックする前には、いつも深呼吸をするようにしていた。

感情を極力押し殺し、パトリツィアを守ることだけに集中する自分になるための儀式《ぎしき》のようなものだ。

ただの「ロルフ」としてではなく、ロルフ・シュタレインというパトリツィアに命を吹き込まれた人間になるための大切な時間。

ロルフが生まれた土地は争いが絶えない場所だった。

上の人間が勝手にはじめた争いごとのせいで、家族はみんないなくなった。似たような子どもばかりで集まって、廃屋《はいおく》を根城に生活するようになった。

だが、やはりその場所も大人たちの勝手な都合で奪われた。

開発をするから、見た目が悪いから、塵《ごみ》のたまり場だから。

そんな理由で追い立てられた。仲間たちはみな散り散りになった。

どこに行っても誰かに搾取《さくしゅ》される側だった。

せめて自分だけは誰かから何かを奪いたくないと必死だったように思う。

だからあの日、老人から金を奪えと命じられても従えなかったのだ。

信念を曲げるくらいなら、このまま死んでもいいとさえ思っていた。

なのに。

『あなた、本当に綺麗』

夢みたいに綺麗な女の子が、突然ロルフの世界に現れた。

こんな薄汚れた子どもを綺麗だと呼び、躊躇《ためら》いなく手を取ってくれた。

柔らかくてすべすべとした手は、自分と同じ人間のものとは思えなかった。

『私と一緒に王都に行きましょう！』

パトリツィアはロルフを人の世界に連れ戻してくれた恩人だ。

衣食住を与え、教育の機会に巡り合わせてくれた。

このままずっと隣にいてほしいと無邪気に笑うパトリツィアに、どれほど救われたかわからない。

人を愛しいと、大切だと思う気持ちを教えてくれた。

真っ黒だったロルフの世界に未来をくれた、唯一無二《ゆいいつむに》の女神様。

だからこそ、ロルフは自分の人生をパトリツィアのためだけに使うと決めている。

扉をノックすれば、中から「どうぞ」と軽やかな声が聞こえた
「おはようございますお嬢様」

「おはようロルフ」

制服姿で椅子に腰掛け、食後の紅茶を飲んでいたパトリツィアが優雅《ゆうが》な微笑《ほほえ》みを向けてくれる。

睫毛《まつげ》の先まで光っているような美しさは今日も完璧で、見つめているだけで胸の奥がぎゅっと締め付けられるような気分だった。

「聞いてロルフ。もうすぐ花が咲くかもしれないそうよ」

パトリツィアは楽しげに瞳を輝かせ、ほんのりと頬《ほお》を紅潮させていた。

「王立植物館の花ですね。話題になってからずいぶんと時間がかかりましたね」

「なんでも、受粉に一番良いタイミングで花を開かせるそうなの。自分が最も輝ける瞬間を待っているなんて、素敵な花だわ。ぜひ見に行かなくては」

「植物園には確認済みです。動きがあれば、屋敷に連絡をしてくださるように依頼してあります」

「さすがねロルフ」

ふふっと嬉しそうに笑うパトリツィアは、やはり可憐で美しい。

「素晴らしい働きには特別手当をあげなくっちゃ」

「結構です」

何百回目になるかわからないこのやりとりにもすっかり慣れてしまった。

パトリツィアは隙あらば、どうにかして金銭や高価な品を渡してこようとする。それこそが彼女の愛情表現であることはわかっている。

純粋な善意と親愛から、何かしてあげたいと思ってくれているのだろう。

ほんの数日前、大好きという言葉と頬への口づけを与えられた時のことを思い出すと、床に転がりたいほどの衝動に駆られるがぐっと堪える。

あれは、信頼の証なのだ。勘違いしてはいけないと必死に自分に言い聞かせる。

パトリツィアは価値があると判断すれば、それに惜しみなくお金を使う癖《くせ》があった。

諫《いさ》めても注意しても止まらない悪癖であったが、不思議なことに使ったお金は倍以上になって彼女の元に戻ってくる。

きっとそういう星のもとに生まれたのだろう。

彼女に貢がれた存在は例外なく、その世界で成功を収めている。

パトリツィアの恩義に報いようと必死に努力するからこそ、結果が出るのだ。

(俺は、対価が欲しくてお嬢様の傍にいるわけじゃないんだ)

パトリツィアからは、お金では買えないものを山のように受け取っている。

今のロルフを形作るすべては、パトリツィアから与えられたものだ。

もし一円でも金を受け取れば、自分はパトリツィアが「推し」と呼ぶその他大勢と同じになってしまうだろう。

(そんなのは絶対に嫌だ)

己の意志だけでパトリツィアを守る立ち位置を壊したくない。

「あら？　そんなこと言っていいのかしら。今回の手当は、私と一緒に花を見に行く権利よ。もちろん、護衛としてじゃなく、私の横に立って一緒に見るの？　どうかしら」

いたずらっぽく細まる青い瞳に、ぐっと喉が鳴った。

「ね？」

念押しするように小首を傾げる仕草は、目眩《めまい》がするほど愛らしい。

時々、ロルフの心に巣くう下心を試しているのではないかと勘ぐりたくなる。

護衛として傍にい続けるという決意を彼女はいつも容易《たやす》く揺るがすのだ。

パトリツィアが自分に向けてくれる好意は、ロルフが抱いているものよりもずっと純粋で、綺麗なものだというのに。

優しい言葉に惑わされてうっかり踏み込んでしまいそうになるのは、まだまだ鍛錬が足りない証拠なのかもしれない。

「……お嬢様がお出かけするのならば、俺は必ず付いていきますので、それは手当になりません。いつものようにお傍でお守りします」

「もう！　情緒《じょうちょ》がないわね」

拗《す》ねたように唇《くちびる》を尖らせる仕草は幼くて、出会った頃と何も変わらない。

守りたい。大切にしたい。いつだって幸せでいてほしい。

そんな気持ちが胸を満たす。

「隣に立っていなくても、花は見えます」

「一緒に見たいの」

「……一緒に見ますよ」

押し負けてそう答えれば、パトリツィアはふわりと花のような笑顔を浮かべた。

「本当？　ふふ、約束よ」

結局、パトリツィアには敵わない。

だって彼女はいつだって最強なのだから。

「そういえばお嬢様」

「なあに？」

「先日、金継ぎで復元した花瓶。十億ベルの価値が付いたそうですよ」

今朝、執事長から言付かった報告事項を告げれば、パトリツィアは大きな目をぱちくりと瞬かせた。

「不思議ね。ただの金継ぎなのに」

「担当した職人が国外の芸術祭で高い評価を得たことが原因のようです。手がけた作品すべてが高騰《こうとう》しています。屋敷の中にあるいくつかの品も価値が倍になったとか」

「あらまぁ」

本気で不思議なのだろう。首を捻る仕草に嘘はない。

パトリツィアは自分の持つ才能と、強運をあまり自覚していないところがある。

周りにいる人々は、みなパトリツィアの無邪気に振り回され、その強さに魅了されてしまうというのに。

（いつまでこのままでいられるんだろうな）

そう遠くない未来。

パトリツィアの隣にはロルフではない誰かが立つ日が来るのだろう。

見たくない気持ちと、離れたくない気持ちは、いまだに折り合いが付いていない。

そんな葛藤《かっとう》を抱いているとは露ほども思っていないパトリツィアは、優雅な足取りでただ前を向いて歩き出す。

「ロルフ、行くわよ」

「はいお嬢様」

（俺の命が尽きるまで、どこまでも）

パトリツィアが何も持たぬただの少女になったとしても、ロルフは傍を離れることはないだろう。

一生告げるつもりはないが、この命を捧げられるほどに愛している。

そんな思いを噛みしめながら、ロルフはパトリツィアのあとを追うように歩き始めた。

番外編

これは必要経費ですわ

「ロルフ。剣を新調しましょう」

「結構です」

食い気味で一刀両断されるが、これしきのことでめげるパトリツィアではない。

「せっかく学園に入学するのよ？　この機会に新しい剣を作りましょう」

エーデル学園から二人分の合格通知が来たのは、一昨日のこと。

パトリツィアは総合主席ということもあり、入学式では代表挨拶を務めることが決まっている。

不合格になるとは露《つゆ》ほども思っていなかったので大きな感動はなかったが、ロルフと二人で学園に入学できるのは純粋に嬉しい。

今日は、学生服を仕立てるために馴染《なじ》みの店に来ている。

普段は服すら買わせてくれないロルフが、大人しく採寸されている姿は新鮮でとても楽しい気分だ。

鏡の前でなすがままになっているロルフを眺めながら紅茶を飲んでいたパトリツィアは、あることに気がついてしまったのだ。

彼が腰に下げている剣が、ずいぶん使い込まれていることに。

採寸を終え、どこか疲れた様子でパトリツィアの座るソファに帰ってきたロルフに、剣を新調すべきだと詰め寄ったのだ。

「その剣は支給されたものでしょう？　柄《つか》も鞘《さや》も傷だらけよ」

ロルフが肌身離さず身に付けている剣は、レッジ家騎士団員の証として全員に渡される初心者用の剣だ。

もちろん、レッジ家御用達の刀鍛冶《かたなかじ》が作った物なので、市販されている一流品と大差ない品質ではある。

しかし、訓練や実戦を長く経験した剣の見た目は、新品の制服と合わせると明らかに浮いてしまう。

「刃こぼれ一つありませんから問題ありません」

「それは知っているわ。ロルフはいつも剣を大切に手入れしているし、武器としての精度に不安はないの」

「だったら……」

「でも、駄目よ」

すっぱりとパトリツィアが言葉を遮《さえぎ》った。

普段とはどこか違う気迫のある態度に、ロルフが困惑した表情を浮かべる。

「これから私《わたくし》たちが入学するのは、王国有数の貴族たちが集まるエーデル学園。そこでは中身だけではなく見た目にも気を遣うのが礼儀よ。ロルフは私の護衛として横に立つのだもの。それに相応《ふさわ》しい物を身に付けなければ、我がレッジ家の威信《いしん》に関わるわ」

「ぐっ……」

一息に正論を告げられ、咄嗟《とっさ》に反論の言葉が思い浮かばないのか、ロルフが悔しげに喉を鳴らした。

「その剣を持って入学式に現れたら、レッジ家は護衛に剣すら与えぬのかと話題になるかもね」

「それは……」

「ロルフは私が笑われてもよいの？」

「駄目です。そんなことは許しません。お嬢様の名誉を穢《けが》すような真似はいたしません」

追い詰められた表情から一変し、凛々しい顔で即座に告げるロルフに、パトリツィアはにっこりと微笑みを浮かべる。

その笑顔に、ロルフはしまったと己の口を覆うがもう遅い。

しっかりと言質《げんち》は取った。

「うふふ。では、今から剣を買いに行きましょうか」

「今からですか？」

「善は急げと言うでしょう？　このあたりには確か腕の良いと評判の武具屋があったはずよ。行ってみましょうよ」

このまま屋敷に帰ったら、ロルフは新しい支給品の剣を手に入れてしまうだろう。長年一緒にいるパトリッツアにはわかる。ロルフは決してパトリツィアにお金を使わせようとしないし、物を貢《みつ》がせない。

　しかし今回ばかりは別だ。

「制服に合った剣がいいわよね。しっかり見立てた方がいいわ」

「……剣は実用性が一番ですから、見た目は……」

　どうにかして阻止したいらしいロルフは、口の中で何かをもごもごと呟いている。

　だが断ろうにも、パトリツィアの意見が正しいことがわかっているから、言葉が出てこないのだろう。

　普段は絶対見せないその態度に、パトリツィアは頬《ほお》が緩むのが止められない。

「あら、じゃあ我が家の宝物庫から何本か見繕《みつくろ》いましょうか？　おじいさまが投資で買った剣が何本かあったはずよ。今では刀匠《とうしょう》と呼ばれるような鍛冶師が打った名剣があったはずだわ。ああ、鞘と鍔が黄金のものでもいいかも」

「さすがに、それは……」

　ロルフがあからさまに動揺する。

　レッジ家の宝物庫にある武具の殆《ほとん》どは、国宝レベルの品だ。

　美しいが実用性とはほど遠い。

「でも先ほども言ったでしょう？　学園の雰囲気に合うものがいいと。だったら新しく買わないと。これは必要経費よ」

ね？　と小首を傾げて懇願すれば、ロルフは黒い瞳を左右に揺らしてから、がくりと項垂れた。

「……わかりました」

絞り出されたその一言に、パトリツィアはやった！　と叫びたいのをぐっとこらえ小さく拳を握りしめた。

ようやくロルフに貢げると喝采《かっさい》を上げたくなる。

これまで報酬だ、手当だ、ご褒美だ、と理由を付けて金品を与えようとしても頑《がん》として受け取らなかったロルフでも、今回ばかりは頷くしかない状況に持ち込めた。

少し強引だったし、貴族社会のルールを振りかざしてしまった気はするが、嘘は言っていない。

学園は、学園内では生徒は身分にかかわらず平等とは謳っているが、明確な階級は存在する。

ささやかなほころびに目を付け、相手を陥れてやろうという悪辣《あくらつ》な人間はどこにでもいるものなのだ。

パトリツィアはロルフを一分の隙もない状況で、入学させてあげたかった。

（どんな剣がいいかしら。鍔と鞘には宝石をちりばめたいわよね。ああでもあまり重い

と嫌かしら。実用性と芸術性を兼ね備えたものがあるといいのだけれど）
　注文してもよいだろうと考えながら、パトリツィアは嫌そうな顔をしているロルフの腕を引いて仕立屋を出たのだった。

　武器屋は仕立屋からほど近いこともあり、馬車は使わないことにした。

　華やかな王都はいつも活気に満ちており、歩いているだけで気持ちが高揚してくる。

「しばらく来ない間に色々なお店が増えたわね」

　入学試験の勉強もあり、ここ最近はゆっくりと王都を散策できていなかった。

　また、素晴らしい出会いがあるかもとキョロキョロしていればロルフが呆れたような溜息を零《こぼ》す。

「お嬢様。今後は学園での勉強も増えるのですから、色々とお控《ひか》えください」

「あら。美しい物や素晴らしいものに投資するのはレッジ家の使命よ」

　やめろと言われてやめられるなら最初からやっていない。

　磨き上げたい、手助けをしたい、育てたい。

　その衝動の根源は損得勘定《そんとくかんじょう》ではなく、本能に等しい。

　話を聞けば祖父や母もそういう気質だというので、遺伝なのだろう。

「安心して。学業をおろそかにするつもりはないから。それに、たとえどんな素晴らしい才能に出会ったとしても、私の一番はずっとロルフだから安心して」

「……」

なぜだかやけに鋭い視線で睨み付けられる。

どうやら信用されてはいないらしい。

「今日は武器屋へ行くだけです」

「どうして？」

「まだ入学の準備は終わっていないのですから」

「……わかったわ」

時々、ロルフは護衛でも従者でもなく、パトリツィアの保護者のつもりなのではないかと思えてくる。

そういう部分も確かに好ましいのだが、長年一緒にいるのだから、もう少し気安い態度で接してほしいところだ。

（主従である以上、ある程度は仕方がないのだけれど寂しいわよね）

生真面目《きまじめ》なロルフを懐柔《かいじゅう》するのは難しそうだと考えながら歩いていると、盾と剣が彫られた看板を掲げた店が見えてきた。

どうやら目的地に着いたようだ。

「ここね」

「間違いないかと」

「楽しみだわ」

武器屋『マリア』は最近王都で人気の武器屋だ。

店主かつ鍛冶師である『マリエッタ』が作る武器は頑丈《がんじょう》なのに見た目も洗練されていると評判で、一度は来てみたいと思っていたのだ。

「マリエッタ様ってどんな方かしら」

名前は可憐《かれん》だが、鍛冶師なのだからきっと凛々しい女性なのだろう。

期待で胸を膨らませながら店の正面に立てば、武器を専門に扱う店らしく店先には華美な装飾は一切施されていないのがよくわかる。

鉄でできた無骨《ぶこつ》な扉は大きく頑丈そうで、この店の流儀を訴えているような気さえしてきた。

ロルフが無言で扉を押し開けると、店内から金属特有の匂いが漂ってくる。

「まあ、広いのね」

入り口の印象に反して、店内は明るく広い造りをしていた。

壁と床は白木で、清潔感もある。

武器も種類別に綺麗に並べられており、カウンターや窓際には花が飾られていた。

よほどまめな店員がいるのだろう。

パトリツィアたちの他には客もおらず、カウンターは無人だ。

「ごきげんよう。剣を見せていただきたいのだけれど」

カウンターの奥にそう呼びかければ、奥でなにやらドタバタと激しい物音が響いた。

そして店全体を揺らすような大きな足音が近づいてくるのが聞こえてくる。

「お嬢様、俺の後ろに」

ロルフがさっとパトリツィアの前に立ちはだかる。

一体何が出てくるのかと身構えていると、足音の勢いのままにカウンターに巨大な男性が現れた。

がっしりとした身体はロルフの倍以上はあるだろう。

袖のない服を着ていることもあり、パトリツィアの腰ほどもある太い腕がむき出しだ。

顔立ちはいかめしく、鋭い眼光がこちらをとらえた。

ロルフが腰の剣に手を掛けたのが見える。

「いらっしゃいませ〜〜〜！」

直後に聞こえたのは、その場にそぐわない明るい声だった。

「あら〜可愛らしいお客様ね！　嬉しいわ〜〜〜！」

巨体をくねくねさせながら男性が野太い声を上げる。

口角をきゅっと上げ、目元をほころばせる姿はまるで乙女《おとめ》そのもので、パトリツィアは何度も目を瞬《またた》く。

「アタシはこの店の店主、マリエッタよ。よろしくね」

バチンと音がしそうなウィンクを飛ばされる。

「えっと……店主のマリエッタ様なのですわよね？」

「そうよ！　初めまして美しいお嬢さん。アッ、アタシがこんなのだから心配なのね。安心して、腕は確かだから」

むきっと力こぶを作って見せながらうふふと微笑むマリエッタ。

（評判だけで為人《ひととなり》を想像していた私が浅慮《せんりょ》だったわ）

この店が評判の武器屋であることには間違いない。

こちらが勝手に『マリエッタ』像を想像していただけで、ホンモノのマリエッタに非はない。性別など些末《さまつ》な問題である。

（ロルフは大丈夫かしら）

パトリツィアは自分の前に立つロルフに目を向ける。

既に剣からは手を離しているが、その背中から激しい動揺が伝わってくるのは気のせいだろうか。

とにかく場を仕切り直そうと咳払いして、パトリツィアは笑顔を浮かべた。

「実は、彼……私の護衛に新しい剣をと思いまして。何本か見繕っていただけないでしょうか」

「あら？　てっきり恋人同士かと思ったらプリンセスとナイトだったのね」

勘違いしちゃった、とマリエッタが舌を出した瞬間、ロルフがごふっとむせた。

「大丈夫？」

衝撃的すぎたのだろう。

落ち着かせるためにロルフの背中をさすろうと手を伸ばしたが、こちらを見ていないのに器用に身体をよじって逃げられる。

「大丈夫ですから気にしないでください」

「でも……」

「本当に平気です。店主、なるべく軽くて持ち運びに不便でない長さで頼む」

ロルフは私から逃げるようにカウンターへ行ってしまう。

その横顔には一切の動揺もなく、ロルフの精神力の強さが見てとれた。

（さすがね）

護衛としてのロルフはパトリツィアに害をなす者には厳しいが、それ以外の人間にはある意味で寛容だ。

身分や見た目で態度を変えることはないし、どんな相手にも礼儀を持って接することができる人間だ。

マリエッタに対してもパトリツィア同様に、ちょっと想定外だから驚いただけだろう。

「あなたが使う剣なのね。今使っている物を見せていただける？」

ロルフは素直に腰の剣をマリエッタに手渡す。決して小さいものではないのに、マリエッタが両手で抱えると果物ナイフのように見えてしまうのはなぜなのだろうか。

「まあ、ずいぶんと大事に使っているのね。んん、これは……あなた、もしかしてレッジ家の方？」

「わかりますか」

「ええもちろん。レッジ家の剣は何度か手入れをしたことがあるからすぐにわかるわ」

嬉しそうな声を上げながらマリエッタは鞘から剣を引き抜き、その刀身をうっとりと眺める。

「美しいわ。軽いし、本当に素晴らしい。刃こぼれ一つない」

「手入れを欠かしていませんから」

「癖のない剣で素晴らしいわ。新調する必要があるとは思えないのだけれど……」

不思議そうに小首を傾げるマリエッタの姿に、パトリツィアが一歩前へと進み出る。

「実はこの度、エーデル学園に入学することになりましたの」

「まあ。それは素敵ね!!」

「それで、気品を損なわない剣を持たせてあげたくて。実用性も大切ですが貴族ばかりの場では些細なことで侮られかねません。どうかお知恵をお貸しくださいませ」

道具としての武器を作る鍛冶師に、実用性よりも見てくれを整えろと言うのは無礼と取られてもおかしくない。

しかし、適当な嘘をついて騙すことの方が礼儀を欠くだろう。

なんとなくマリエッタには正直のこちらの事情を伝えた方がよい気がしたのだ。

「まあ〰〰！　なんて素晴らしいプリンセスかしら！」

「！」

「自分のナイトを大切にしているのね。素敵よ」

歓喜の声を上げ、マリエッタが身体を震わせる。

「このアタシが、あなたのナイトに最高の剣を見繕ってあげるわ」

興奮を隠しきれない様子でカウンターから身を乗り出したマリエッタに、ロルフが身体をのけぞらせた。

わずかに頬が引きつっている。

今日はロルフの新しい姿を沢山見られて面白い。

カウンターから腰を揺らしながら出てきたマリエッタは、店内に飾られている剣からいくつか見繕っていく。

「そうね……あなたは剣士としては細身だからあまり重たい剣はよくないわね。ああ、けなしているわけじゃないのよ？　まだ若いし、成長はこれからよ。今は背伸びをするよりも身の丈に合った武器を使って腕を磨くことをオススメするわ」

「……どうも」

ものすごい勢いで語りながらいくつもの剣を並べていく。

そのどれもが、これまでロルフが使っていたものとほぼ同じ大きさだ。

鞘や鍔の装飾はそれぞれとても凝《こ》っており、どれも素晴らしい美しさだ。

思わず手に取ってしまいたくなるほどだ。

「本当に素晴らしいですわ」

「ありがとう。アタシはね、どんな武器も美しくあってほしい！　って思っているの。でも決して実用性を損なわないようにしているわ」

剣を見つめるマリエッタの瞳には、親が子を想うような慈愛が籠もっている。

本当に武器を愛しているのだろう。

「持ってみて。剣を選ぶのは乙女がドレスを選ぶのと一緒。これだって思うものにしてちょうだい」

複雑そうな顔をしながらロルフが剣を一つ一つ手に取り、真剣な表情で確かめていく。

「……これにする」

鞘が漆黒《しっこく》の剣を手に取ったロルフが、何かに納得したように頷いた。

よく見れば鞘には黒色の宝石がいくつもはめ込まれており、動かす度に絶妙に輝く。鍔も黒だが金色の装飾が施されているため、とても上品だ。刀身は白銀で、滑らかな光を放っていた。

「素敵ね」

「いい選択だわ」

感心するように頷き、マリエッタがうっとりと微笑む。

「その剣は自信作なんだけどなかなか売れなくてね。あなたたちを待っていたのかも」

「まあロマンチックね！」

「でしょう」

「……お嬢様」

げんなりしたような顔をしながらも、ロルフが剣を腰のホルダーに収めてみせる。まるでずっと前からそこにあったようにしっくり馴染んでいた。

きっと制服姿でも違和感がないだろう。学園の気品を損なうこともないはずだ。

「ぴったりね。学園在学中はこれでいいけれど、数年したら一回り大きなものにするといいわ。あなたはこれから背が伸びるだろうし、身体も厚みが増すでしょうから。望めば近衛《このえ》にだってなれるかもよ」

茶目っ気たっぷりな口調で語りながら、マリエッタが剣の具合を確かめている。

確かにロルフほどの腕前なら、王宮で近衛騎士をするのも可能だろう。

「俺は生涯仕える主を決めている。王族には興味がない」

さらりと答えたロルフに、マリエッタが目を丸くして、それからふわりと微笑んだ。

「中身までナイトなのね」

「……」

ロルフは返事をしないつもりらしい。

「あら？　石が取れているの？」

よく見ると、鞘の先端部分には穴だけあって宝石が収まっていなかった。

「いいえ。ここはわざと空けているのよ。武器は持ち主に選ばれてから完璧になるっていうのがアタシの考えなの。ここには、お望みの宝石を填めることができるのよ。注文いただければ意に添ったものを手に入れるし、持ち込んでもらってもいいわ」

「あら嬉しい。最高の石を届けさせるわ」

「お嬢様」

咎めるような声に振り返れば、ロルフが不機嫌そうに眉間《みけん》に皺《しわ》を寄せている。

「俺の剣です。石は俺が選びます」

強い口調にパトリツィアは少し驚く。

ロルフがそういった物に興味を示すのは珍しい。

「プリンセス。ドレスが女の武器であるように、剣は騎士の誇りよ。ナイトの意志を優先させなきゃ」

宥めるようなマリエッタの声に、パトリツィアは頷いた。

「ふふ。じゃあ決定ね。プリンセス、少しナイトを借りるわね。細かい調整をさせてちょうだい」

ロルフとマリエッタはカウンターでなにやら相談事をはじめた。

仲間はずれにされているような疎外感に唇を尖らせ、パトリツィアは店内をゆっくりと歩き回った。

剣の他には斧や弓など、様々な武器が並んでいる。

窓際の机には、女性でも持ち歩けそうな小さなナイフが並べられていた。

宝石で小花をあしらった鞘は愛らしく、パトリツィアでも持ち歩けそうな造りだ。

(私も護身用に持ってみようかしら)

そう考えながら伸ばしかけた手首を、ロルフの手が摑んだ。

「お嬢様には必要ありません」

「あら、駄目なの？」

「駄目です」

断言的な言葉に少しばかりむっとする。

さっきまでマリエッタと武器のことを楽しく話していたくせにと、わずかな反発心が芽生えた。

「いざというときのために一つくらい武器を持っておいてもよいのではなくて？　ロルフの剣が使えないこともあるかも」

「たとえ剣が使えなくても、お嬢様を守るのは俺の役目です。その役目は譲れません」

するりと憤りが溶けてしまった。

卑怯《ひきょう》だ、とか、ずるい、という言葉が浮かんだけれど、パトリツィアは笑顔でそれを飲み込む。

パチパチと控えめな拍手が聞こえてきたので振り返れば、マリエッタがうるうるした瞳でこちらを見ていた。

「なんて美しき主従愛なのかしら！　ナイトの剣はアタシが完璧に仕上げておくから！」

「ええ、どうぞよろしくお願いいたします。代金は先払いでもよろしくて？」

いつものようにロルフに小切手を出させようとすると、マリエッタが首を振った。

「いいえ。アタシって完璧主義なの。御代は品物と引き換えにさせて。最高に仕上げるから、完成し次第すぐにレッジ家にお届けするわ」

「わかりましたわ。楽しみにしておりますわね」

(だったら支払いの時にいくらか支援金をお渡ししようかしら)

マリエッタは素晴らしい職人だ。これからはどんどん支援していこうとパトリツィアは考えた。

数日後。

ロルフの腰には真新しい剣が収まっていた。

鞘の先端には透き通るようなサファイアが輝いており、てっきり黒い石を選ぶと思っていたパトリツィアは少し意外に感じたものだ。

「サファイアが好きだったの？　言ってくれれば最高級の物を用意したのに」

「いいえ。青い石なら何でもよかったので」

「青？」

ますます意外だと目を瞬けば、ロルフがなぜかすっとパトリッツァから目を逸らした。

（青？　青って……？）

考えながら部屋の中を見回せば、壁に掛かった鏡の中の自分と目が合った。

青い瞳がぱちりと不思議そうにこちらを見ている。

「あ……」

じわっと耳のあたりが熱を持つ。

いたたまれなくなって鏡から視線を外したパトリツィアは、そうだわ、とわざと明るい声を上げた。

「代金はしっかりお支払いしたの？」

マリエッタが来たら支払ってほしいと執事に小切手を託しておいたのだ。

事前に確認しておいた、剣の代金と加工賃を含めた金額にゼロを一つ足しておいた。

「はい。経理部がしっかりとお支払いしたかと」

「……経理部？」

なぜそこで経理部が出てくるのかとパトリツィアは首を傾げる。

「俺が使う武器は必要経費ですので、レッジ家として初代にお支払いいただきました」

「なっ……！　ずるいわ！」

悔しさで声を上げたパトリツィアに、ロルフはいつもの平静な顔のまま軽く肩をすくめたのだった。

そうして迎えた入学式。

有名なレッジ家の令嬢であるパトリツィアの横に控えたロルフは、学園中の注目を集めた。

必然的に彼が腰に下げた剣も男子生徒たちの視線を集め、マリエッタの店は大繁盛《だいはんじょう》することになるのだった。

あとがき

ファミ通文庫様でははじめまして。マチバリと申します。

この度は『富豪令嬢』をお手にとっていただきありがとうございます。この作品は「小説家になろう」に短編として投稿したものを元に、長編作品として新たに書き下ろしさせていただきました。

お声かけいただいた時はとても嬉しく驚きました。思いつきと勢いだけで書いた物語だったので、まさか一冊の本になるなんて。とっても感無量です。

タイトルの通り、めちゃくちゃお金持ちのお嬢様が、お金を武器に無双するお話になっております。お金で全部解決できたらどんなに楽しいだろう！　という真っ直ぐな欲望を余すことなく注ぎ込みました。お金は使うためにある。こんな台詞、リアルでも言ってみたいけど、いつ使うのか。現実で使えないなら、物語で使ってしまえ。創作って自由で本当にいいですよね。

主人公であるパトリツィアは、育ちも良くお金もあって自由気ままですが、信念を持った真っ直ぐな女の子になってくれました。賢く強く清くて美しい。でもちょっと鈍感。

そんな彼女を支える護衛のロルフには私の趣味がこれでもかと注ぎ込まれております。

不幸な過去を背負った黒髪の凄腕剣士。信じて愛するのはパトリツィアただ一人。お嬢様と従者という組み合わせはやっぱり最高です。

この二人はこれからもずっとお互いが一番！　という関係でずっと生きていくんだろうなぁとかなんとか。

イラストを描いてくださったのは眠介先生です。

パトリツィアをゴージャスかつ美しく描いていただきました。イメージ通りで感動した私、なかなかに大騒ぎした感想を担当様に送ってしまいました。そして忘れちゃならないロルフ！　かっこいい！　かっこい！　鋭い表情とパトリツィア以外には懐く気配がなさそうな表情とか最高ですね。二人を素敵に描いていただき幸せです。

お声がけくださいました担当様にも感謝を。たくさん褒めて面白がってくださったおかげで、楽しい執筆になりました。

最後になりましたが、読んでくだった皆さまにも心からの感謝を。またどこかでお会いできますように。

マチバリ

富《ふ》豪《ごう》令《れい》嬢《じょう》

2023年9月29日　初版発行

著　　者　マチバリ
イラスト　眠《ねむ》介《すけ》
発 行 者　山下直久
発　　行　株式会社KADOKAWA
〒102-8177 東京都千代田区富士見2-13-3
電話 0570-002-301（ナビダイヤル）

編集企画　ファミ通文庫編集部

デザイン　AFTERGLOW
写植・製版　株式会社スタジオ205プラス
印刷・製本　凸版印刷株式会社

[お問い合わせ]
https://www.kadokawa.co.jp/（「お問い合わせ」へお進みください）
※内容によっては、お答えできない場合があります。
※サポートは日本国内のみとさせていただきます。
※Japanese text only

 ISBN978-4-04-737579-6 C0093　　定価はカバーに表示してあります。

針と蜘蛛と精霊で織りなす
幻想的な異世界裁縫
ファンタジー。
針子の乙女
HARIKONOOTOME
[はりこのおとめ]
Zeroki Presents
Illustrated by Miho Takeoka
著＝ゼロキ
Illustration
竹岡美穂
コミカライズ
ヤングエースUPで
絶賛連載中
①～②巻
絶賛発売中！
B6判単行本
KADOKAWA／エンターブレイン刊
KADOKAWA
enterbrain